ゲイの可視化を読む

黒岩 裕市

現代文学に描かれる〈性の多様性〉？

晃洋書房

ゲイの可視化を読む　目次

序章　可視化をめぐる問題

「彼らは『結婚もできないし』と悩んでいたので、だったら『証明書』を出してみたらとジャストアイデアで思いつきました。これなら戸籍制度などをいじる必要もない。それが当事者の人たちの反応がとても良かったので、政策にしようと勉強を始めました。

［…］

渋谷区にもＬＧＢＴの方が多く住んでいますし、海外に行けば、彼らのあり方は普通のことです。『人権、人権』と強く主張するというよりも、それが『普通』のことだという空気にしたい。渋谷が国際都市であるというからには、まず渋谷からそれを実現したいと思い、提案しました。それを区長や行政の人たちが受け止めてくれたことがうれしいですね。

［…］

街の底力をあげていくには、やはりダイバーシティだと思います。ＬＧＢＴを始め、多様な人たちが集まってくることで、新しいカルチャーが生まれる。それから、単純に自分の子供がもしもＬＧＢＴだったとしたら、『それはおかしいことじゃないんだよ』と言ってあげたいですね」

「同性カップルでも「結婚に相当」の条例案、なぜ生まれた？　きっかけつくった渋谷区議に聞く」

『ハフィントンポスト』二〇一五年二月一七日

可視化をめぐる問題

近年、日本でも性的マイノリティがさまざまなメディアで語られつつある。根強い差別や偏見に基づいた語られ方や描かれ方も少なくないが〔★1〕、〈多様性〉の一つとして肯定され、称揚される動きも見られる。「LGBTというキーワードが「旬」になりつつあるのではないか」という見解さえもある〔松中、二〇一五、一七六頁〕(「LGBT」とはレズビアン(lesbian)、ゲイ(gay)、バイセクシュアル(bisexual)、トランスジェンダー(transgender)の頭文字を取った表記の仕方である)。そのこと自体の意義は、不当に無視され、貶められてきた性的マイノリティにとっては小さなものではない。しかし同時に、どのように語られるのか、そしてその結果、可視化された性的マイノリティにはどのような効果が期待されるのか、といった問題については慎重に検討していく必要があると思われる。

本書は、二〇〇〇年代以降に発表された文学作品に登場するゲイ男性に注目し、その表象のされ方を読み解くことで、性的マイノリティの可視化をめぐる問題について考えるものである。

まずは、近年の日本社会がいかなる状況にあるのか確認しよう。可視化の一つの例として、二〇一五年三月に渋谷区で可決された条例をめぐる報道に目を向けることから始めたい。

渋谷区の条例

二〇一五年二月、東京都渋谷区が「同性カップルを「結婚に相当する関係」と認めて証明書を発行する条例案」を発表したという報道がなされた。新聞紙面で桑原敏武区長（当時）は「多様性のある社会をつくっていくことが、活力を生む」ということを強調している［『東京新聞』二〇一五年二月一三日］。こうした条例が必要な背景としては、同性カップルが賃貸住宅へ入居する際や病院での面会の際に「家族」ではないとして断られるケースがあることといった生活の不安が挙げられている［★2］。

二月の段階で報道されたこの条例案は、三月三一日に「渋谷区男女平等及び多様性を尊重する社会を推進する条例」という名称で可決され、四月一日から施行されることになった（証明書の発行は二〇一五年一一月五日から行なわれた）。条例案には共産・公明・民主など二一名が賛成、自民と無所属の一〇人が反対した［『東京新聞』二〇一五年四月一日］。この点だけを見れば自民党の性的マイノリティへの取り組みへの消極性が顕著だということになる。確かに、二〇一四年一二月の衆議院議員総選挙の際にレインボー・アクション［★3］が行なった政党へのアンケートでも、「今後、国会などの場において、性的少数者に関する施策に取り組んでいきたいとお考えでしょうか」という問いに自民党は「積極的に取り組むことは考えていない」という項目を選んでいる。だが、安倍政権下での性的マイノリティをめぐる状況はより複雑なものである。たとえば、二〇一三年には自民党内部にも「性的マイノリティに関する課題を考える会」が発足しており、超党派議連「性的少数者問題を考える国会議員連盟」の会長は自民党の馳浩議員であった。こうした問題については、マサキ［二〇一五］や川坂［二〇一五］で詳しく論じられている［★4］。

条例可決の翌日の二〇一五年四月一日の各新聞では、そのスペースや報道のスタンスの違いはあるが、「同性パートナー条例」［『朝日新聞』、『産経新聞』］、「同性カップル条例」［『読売新聞』『東京新聞』］といった見出しで、同性パートナーへの証明書の発行に目を引く形でこの条例についての報道がなされている。『東京新聞』（一面）や『毎日新聞』には、「祝　同性パートナーシップ条例！」という横断幕を手にし、条例の成立を祝福する当事者の写真も掲載されており、当事者の声を通して、「これがゴールではなく、スタート。まだまだ課題はあると思うが、国民的議論を深めるきっかけになる」ことが期待されている［『東京新聞』二〇一五年四月一日］。

なお、こうした一連の報道で、「渋谷区男女平等及び多様性を尊重する社会を推進する条例」が「同性パートナーシップ条例」と表現され、正式名称の「男女平等」の部分が抜け落ちてしまっている点、少なくとも曖昧になっている点にも留意したい。換言すれば、ジェンダーの問題が見えにくくなっているのである。この点は、本書で取り上げる文学作品の分析においても再び考察することにしたい。

さらに、この条例の本文では性的マイノリティの人権の尊重や、差別の禁止を明記しているのだが、報道においては、幾分かは触れられているものの、あくまでもパートナーシップ証明書の発行のほうに光が当てられている点も顕著である。

もちろん、二〇一五年以前にも、性的マイノリティはメディアにしばしば登場していたわけであり、渋谷区の条例を可視化の出発点に据えることには、それ以前の歴史が不可視化されるという危険が伴うのであるが、この条例（案）に関する報道に続いて、テレビ、雑誌、インターネットの記事など多くのメディアが性的マイノリティを「ＬＧＢＴ」という表記で取り上げつつあり、性的マイノリティがこれまで以上に可視化されるようになったことも事実だろう。

雑誌に限定しても二〇一五年に「ＬＧＢＴ」を特集したものは――それぞれ「ＬＧＢＴ」に対してどのような見方をするかで特集のスタンスは大きく異なっているのだが――、『女性自身』、『Ｔｏｋｙｏ ｇｒａｆｆｉｔｉ』、『ＷＷＤ ＪＡＰＡＮ』、『日経ビジネス』、『現代思想』などそのジャンルは多岐にわたる。また、渋谷区の条例が可決された日を「歴史的瞬間」と呼び、「社会的にもＬＧＢＴというキーワードが「旬」になりつつあるのではないかと確信しています」〔松中、二〇一五、一七六頁〕と述べる松中権の『ＬＧＢＴ初級講座　まずは、ゲイの友だちをつくりなさい』や、「ＬＧＢＴと職場の問題を広く知っていただき、解決策を提示するために書かれました」〔柳沢・村木・後藤、二〇一五、一三頁〕という柳沢正和・村木真紀・後藤純一『職場のＬＧＢＴ読本――「ありのままの自分」で働ける環境を目指して』といった「ＬＧＢＴ」をタイトルに掲げた本も出版されている〔★5〕。

こうした雑誌の特集の論考も含めてすでに多くの議論はされているのだが、渋谷区の条例の報道において、性的マイノリティの可視化がどのように進められつつあるのかという点を本書ではまず確認しよう。

付言すると、東京都世田谷区でも、二〇一五年に同性パートナーシップを行政が承認する動きが起きている。世田谷区では、条例ではなく、区長の権限で策定される要綱の形を取ることになった。それは同性カップルが「パートナーシップ宣誓書」を提出すれば、区長が「受領書」を発行するというシステムであり、渋谷区と同じ一一月五日より「受領書」は発行されている。こちらも同性パートナーシップの法整備に向けた第一歩ではあるのだが、現時点では渋谷区の証明書同様、法的な効力はない。日本の地方自治体の動向として考えれば、渋谷区だけではなく世田谷区についても触れる必要がある。だが、本書では報道のされ方をたどることを目的とするために、渋谷区のほうに議論を限定する。さらに、ほかの地方自治体でも議論は始められている［★6］。

ダイバーシティとクリエイティヴィティ

さて、渋谷区の条例を推進した中心的な人物であり、桑原前区長の任期満了に伴い、二〇一五年四月二六日に投開票された選挙で渋谷区の区長となった長谷部健は、条例成立前の段階で『Ｔｏｋｙｏ ｇｒａｆｆｉｔｉ』という雑誌の四月号のインタビューに次のように答えている［★7］。

> 自分の周りにいるＬＧＢＴの人たちはとても普通なのに、そんなに悩みがあるのはおかしいと思った。［…］そうやって、自分でも身近な問題、課題として感じるようになって、マイノリティに対して、もっと交わる社会になってほしいと思うようになりました。

つまり、ダイバーシティということ。多様なものが交じり合って、新しいものを作っていこうっていうことなんです。

［…］

僕は渋谷をもっとかっこいい街にしたい。渋谷は昔から、タケノコ族、ロカビリー、渋カジ、コギャル…ってムーブメントを発信してきた街。でも、そのあとポカッと空いてるんです。だけど、世界にはクリエイティブな街として注目されている。あるマーケティングデータでは、世界で一番クリエイティブな国の第一位として日本が上がっているほど。カルチャー面でのアドバンテージを伸ばしていきたいと思っています。

ＬＧＢＴにはクリエイティブな人たちが多いのも事実だし、これから渋谷が目指す多様性という姿には欠かせない人たち。パートナーシップ証明書が実現することによって、ＬＧＢＴの人たちがもっと街に出て、みんながそれに慣れるように、意識や空気を変えていきたい。この条例を始めとして、もっとかっこいい街、渋谷の姿を目指していきたいです。〔『Ｔｏｋｙｏ ｇｒａｆｆｉｔｉ』二〇一五年四月号、一一九頁〕

長谷部は渋谷という街を文化の発信源と位置づけ、渋谷を再び「かっこいい街」にするために「ダイバーシティ」、すなわち、「多様なものが交じり合って、新しいものを作ってい」くことを重視している。そしてその原動力として光が当てられるのが「クリエイティブな人たちが多い」という「ＬＧＢＴ」なのであり、「ＬＧＢＴの人たち」を渋谷の街へと後押しするものとして「パートナーシップ証明書」の効果が期待されているのである。もちろん、「多様なものが交じり合」うことから生まれる「新しいもの」の可能性を軽視するわけではないが、長谷部が重視するクリエイティヴィティの根拠として「マーケティングデータ」が参照されていることが示すように、ここで述べられる「新しいもの」や「カルチャー」とは市場経済や消費活動と結びついたものであり、そのためにクリエイティヴな「LGBT」が持ち出されるというレトリックがうかがえる。

なお、成立した条例の前文でも「渋谷のまち」が意識されているのだが、そこには「これから本区が人権尊重のまちとして発展していくためには、渋谷のまちに係る全ての人が、性別等にとらわれず一人の人間としてその個性と能力を十分に発揮し、社会的責任を分かち合い、ともにあらゆる分野に参画できる社会を実現しなければならない」と記されており、「人権」という観点が明記されている［★8］。

一方、長谷部は『ハフィントンポスト』や『アエラ』で、「『人権、人権』と強く主張するというよりも、それが『普通』のことだという空気にしたい。渋谷が国際都市であるというからには、まず渋谷からそれを実現したいと思い、提案しました」［『ハフィントンポスト』二〇一五年二月一七日］、「その場合、人権問題というアプローチになりがちだったが、長谷部さんは、それではなかなか行政は動かないと感じていたという」［『アエラ』二〇一五年三月二日号］など、「人権」という観点からは一線を画そうとしていることがわかる。川坂和義は、長谷部のこうした発言を踏まえつつ、渋谷区の条例が証明書を発行するだけで、「社会保障や税金、相続、国際カップルのビザなど、結婚関係に与えられている様々な権利を同性カップルに開くものではない」ことを根拠に、「ＬＧＢＴの問題や同性カップルの法的、社会的問題は、「人権」の問題ではなく、渋谷の「国際都市」の名声に関わる「ダイバーシティ（多様性）」の問題として捉えられている」と指摘する〔川坂、二〇一五、九一頁〕。

このようなマイノリティと人権に関する問題点については、特に同区が二〇一〇年に宮下公園の命名権をナイキジャパンに売却し、公園から野宿者を排除したということに対して、早くから疑問の声があがっていた。

条例案第一報の報道から一週間後の『東京新聞』二〇一五年二月二〇日では、「渋谷区「人権」使い分け？」という見出しで、条例案を「性的少数者（ＬＧＢＴ）の人権を保障する画期的な施策」と評価しつつも、「一方で区は公園から野宿者（ホームレス）を閉め出している」という「人権の二重基準にも映るこうした対応」が問題視されている〔『東京新聞』二〇一五年二月二〇日〕。

また、『ふぇみん』二〇一五年五月二五日で竹内絢は「渋谷区は、性的少数者と野宿者、生活困窮者を同じ「マイノリティー」として捉えていない」、「性的少数者は人権施策の対象ではなく、「多様性」を利用し〝シブヤ〟のブランド化を目指していることがうかがえる」と指摘し、「「人権」は普遍的価値であり、商業主義と人権が対立するとき、尊重されるべきは人権ではないか」と述べる〔竹内、二〇一五、四頁〕。

「人権の二重基準にも映るこうした対応」をめぐって、マサキチトセは、渋谷区の動きだけではなく、「ＬＧＢＴ運動の主流化」においては「世間体が良いこと」が重視され、「あたかもＬＧＢＴ当事者やその大切な友人、家族に生活保護受給者や受給有資格者、外国出身者、ホームレス、人種マイノリティ、言語マイノリティ、性買春者、性労働者、そして医療費の自己負担分の拡大に打撃を受ける者が存在しないかのように」振る舞うようになることを批判的に論じている［マサキ、二〇一五、七八頁］。もちろん、「ＬＧＢＴ」のなかにも野宿者は存在するわけだが、「ＬＧＢＴ」と野宿者が無関係なものとしてとらえられ、「ＬＧＢＴ」の経済的な格差や貧困が見えにくくなる点が、「ＬＧＢＴ」のクリエイティヴィティやそれに基づいたダイバーシティを唱えるレトリックによる「ＬＧＢＴ」の可視化においては問題なのである。

「ＬＧＢＴ市場」とネオリベラリズム

ここまでたどってきたインタビューなどでの長谷部の語り方は、昨今、たびたび報道される「ＬＧＢＴ市場」関連の記事にも通じるものである。たとえば、二〇一二年七月には『週刊ダイヤモンド』と『週刊東洋経済』という一般向け経済誌がそろって「ＬＧＢＴ市場」に関する特集を組んだ。『週刊ダイヤモンド』の特集「国内市場５・７兆円「ＬＧＢＴ市場」を攻略せよ！」では、「ＬＧＢＴ」の「可処分所得」や「情報感度」の高さが強調され［『週刊ダイヤモンド』二〇一二年七月一四日、一三九頁］、日本の「ＬＧＢＴ市場」の規模を五兆七〇〇〇億円と算出した電通総研のデータに基づき、日本では「夜明け前」の状態であるという「ＬＧＢＴ市場」への「攻略」が煽られる。そこでは、比較対象として、米国の「ＬＧＢＴ市場」が七七兆円と算出されており、進んだ米国／遅れた――「夜明け前」――日本という構図が前提となっているわけだが、「ＬＧＢＴ」に目を向ける利点として次のような一節がある。

人種、国籍、性別、年齢、障害の有無などによる差別は排除すべきであることはもちろん、むしろダイバーシティ（多様な個性）の尊重は創造性や組織の成長性に寄与するという考え方は、世界でも主流となっている。その意味で、現代の社会を構成するメンバーとして、ＬＧＢＴはもっと社会に受け入れられるべきであろう。

何より、歴史をひも解けば、とりわけクリエーティブな世界で活躍した人には、ＬＧＢＴの人たちが多く含まれている。

〔…〕

とはいえ、日本の社会が、米国並みにＬＧＢＴを受容するまでにはまだ時間がかかるだろう。彼らの実態を知らないが故の感情的な反発もある。そこで、非ＬＧＢＴがＬＧＢＴの価値観を知り、社会的な融和を進めるための現実的な考え方として、企業社会がＬＧＢＴを「市場」として捉えることから始めてみるのが有効になる。〔『週刊ダイヤモンド』二〇一二年七月一四日、一三二―一三四頁〕

ここでは「ダイバーシティ（多様な個性）の尊重」が「創造性」＝クリエイティヴィティを保証し、

それが「組織の成長性」に結びつくことが強調されており、そうしたレトリックに「LGBT」が乗せられている。おそらく歴史をひも解いた際に、現在「LGBT」と括れるような人びとにクリエイティヴィティが見出されたとしても、それは少なくとも「組織の成長性」とは相容れないものだったのではないかということは容易に思い浮かぶのだが、この記事ではあくまでも企業や社会に貢献するもののみがクリエイティヴィティとみなされており、その限りにおいて「LGBT」は「ダイバーシティ（多様な個性）」に組み込まれ、肯定されることになるのである。

ちなみに、引用した一節でも、企業内部の「LGBT」と外部の市場としての「LGBT」の二方向への着目があるが、『週刊ダイヤモンド』に収録された記事も、前者として「ゴールドマン・サックスが行うLGBT学生向け就職説明会」や「職場におけるカムアウト問題　周囲の理解と配慮は不可欠」、後者として「婚姻関係なくても家族割OK　自然と支持集まるソフトバンク」や「狙い過ぎても当たらないゲイ・ファッションの難しさ」といったテーマが扱われている［★9］。

このようなレトリックが、新自由主義＝ネオリベラリズムに基づいたものであることは明白であるだろう。ネオリベラリズムについてここで簡単に確認しておくと、デヴィッド・ハーヴェイによれば、ネオリベラリズムとは、「強力な私的所有権、自由市場、自由貿易を特徴とする制度的枠組みの範囲内で個々人の企業活動の自由とその能力とが無制約に発揮されることによって人類の富と福利が最も増大する、と主張する政治経済的実践の理論」であり、「国家の役割は、こうした実践にふさわしい制度的枠組みを創出し維持すること」とみなされ、「市場への国家の介入は、いったん市場が創り出されれば、最低限に保たれなければならない」と考えるものである［ハーヴェイ、二〇〇七、一〇、一一頁］。したがって、ネオリベラリズムのもとでは、少なくとも理論上は「行動・表現・選択の自由という個人の権利や契約の不可侵性」が重視され、各人の成功も失敗も社会システム上の問題ではなく、個人の責任――自己責任――と解釈されるようになる［ハーヴェイ、二〇〇七、九四―九六頁］。

また、「フレキシビリティ」が「労働市場に関する標語」となり、短期契約が好まれるようになり、雇用は不安定化する。一方で、フレキシビリティの妨げとなる社会的連帯は敵視され、労働者は分断される。その結果、フレキシビリティの恩恵を受ける労働者とそうではない労働者の格差は大きくなるのである［ハーヴェイ、二〇〇七、一〇七―一〇八頁］。

時代的に見ると、英米でネオリベラリズムが開始されたのは、英国ではサッチャー政権下（一九七九〜九〇年）、合衆国ではレーガン政権下（一九八一〜八九年）であるといわれている。完全雇用や福祉国家の達成という目標は放棄され、公共企業体は民営化され、規制緩和が行なわれた。

同時期の日本でも、中曽根政権下（一九八二〜八七年）で、専売公社や国鉄、電信電話公社の民営化が行なわれたが、渡辺治によれば、それは「早熟的な新自由主義改革の試み」に過ぎず、九〇年代の細川政権下（一九九三〜九四年）や橋本政権下（一九九六〜九八年）での政治改革や規制緩和を経て、「新自由主義の本格的な遂行は、小泉政権［二〇〇一〜〇六年――引用者補足］にいたってはじめて可能であった」［渡辺、二〇〇七、二九七頁］という。

いずれにしても、ヨーロッパ各国のように福祉国家を経てその再編のなかから生まれたわけではない日本のネオリベラリズムは「はるかに深刻な社会統合の解体と社会の分裂をもたら」すものであり、労働者に壊滅的な影響を与えたのであった〔渡辺、二〇〇七、三二七頁〕。

本書の試み

以上のように、「渋谷区男女平等及び多様性を尊重する社会を推進する条例」の報道に見られる性的マイノリティの可視化には、同性カップルの祝福の影で、祝福されるためには経済的な条件をクリアすることが暗黙のうちに条件づけられており、ネオリベラルな経済・政治体制に適合する性的マイノリティが「LGBT」として、しかも「人権」の問題は曖昧にされたままで、あたかも「旬」であるかのように語られているという問題が見出せる。

本書では、この論点を念頭に置きながら、日本で本格的にネオリベラリズムが遂行された小泉政権の時期、あるいはそれ以降に発表された文学作品におけるゲイ男性の表象のされ方を検討する。ゲイ男性が可視化される際にいかなる力学がはたらいているのかについて考えたい。

第一章では村上春樹の短編集『東京奇譚集』に収録された「偶然の旅人」(二〇〇五年)を読む。ここでは、アメリカ合衆国の政治学者のリサ・ドゥガンがネオリベラルな〈性の政治〉を批判的に考察するために展開した「ホモノーマティヴィティ」の議論を参照しつつ、「偶然の旅人」に登場するゲイ男性がどのようなキャラクターとして描き出されるのかを検討する。特にゲイ男性が〈政治化〉される契機が見出されつつも失われてしまう点を〈脱政治化〉の過程ととらえ、この作品のなかで脱政治化されたゲイ男性が女性や異性愛男性といかなる関係性を結ぶことが期待されているのかについて読んでいく。

続く第二章では、川上弘美がライフスタイル情報誌『クウネル』（二〇〇二年創刊）に連載した雑誌四頁分の小説に目を向け、そのなかの〈杏子と修三シリーズ〉と呼び得る一連の作品群（二〇〇四〜一五年）を取り上げる。このシリーズでは「おネエキャラ」といえるようなゲイ男性が女性の「親友」として登場するのだが、女性との関係においてゲイ男性がどのような機能を果たしているのか、ネオリベラリズムの議論を再び参照しながら分析する。さらに、シリーズが進むにつれて、興味深いことに「おかま」から「ゲイ」へと作中のゲイ男性の呼び方に変化が生じる。それに伴って、このキャラクターのいかなる側面が前景化されるのかについても考察する。

第三章ではよしもとばななの『王国』シリーズ四巻（二〇〇二〜一〇年）を読む。『王国』シリーズでは、一見するとネオリベラリズムからほど遠い世界が描かれているのだが、才能豊かでクリエイティヴな登場人物たちはネオリベラルな経済体制とも実は親和性が高い。この点を踏まえつつ、ここでもゲイ男性の表象のされ方に焦点を合わせながら、『王国』シリーズの前半から読み取れる〈性の多様性〉の問題性について検討する。一方で、シリーズ後半では、そうした〈性の多様性〉は登場人物たちが築く「家族」のあり方に具現化するように見えるのだが、本書ではその「家族」の内実を探ることにする。そして、シリーズ最後の作品である『アナザー・ワールド』に顕著にうかがえる〈性の流動性〉を俎上にのせ、流動の果てに可視化される性／不可視化される性がいかなるものなのかについて考える。

そのうえで、よしもとばななの『王国』シリーズのみならず、本書で読むことになるすべての作品において重要な論点になると思われる「家族」について、終章でまとめることで本書の結論にかえる。

本書で扱う作品は、それぞれに何気なく手に取り、読めるものである。さらにいえば、往々にして心地よい読後感をもたらすものとして受容されているかもしれない。慌しく、疲弊した日々のなかでいくらかの癒しをもたらしてくれる「一服の清涼剤」となり得るものかもしれない［★10］。そのなかでゲイ男性は読者に不快感を与えるようなことはまったくなく、それどころか魅力的なキャラクターとして描かれている。しかし、よくよく考えてみると、それとは違った問題が見えてくる。本書ではそうした読みなおしを、できるだけ丁寧に行ないたい。

性的マイノリティをめぐる状況が非常に早いスピードで展開するなかで、つまり、「ＬＧＢＴ」が「旬」ともいわれてしまう現状のもとで、あえて作品の細部に立ち止まって、再検討を試みる。

注

［★1］二〇一五年には、同性パートナーシップ証明書の発行に関する報道に対応するかのように、市会議員や県会議員から同性愛を「異常」とみなす見解が相次いで出された。一九九七年に出された『ゲイ・スタディーズ』では、日本においては「ホモフォビアの存在自体もまた曖昧なままであり続ける」［ヴィンセント・風間・河

口、一九九七、一一一頁〕と指摘されていたのだが、同性愛のみならず、同性愛嫌悪＝ホモフォビアも可視化されつつあるといえるだろう。

〔★2〕ただし、渋谷区の発行する証明書によって、こうした不安がどれだけ解消されるのかについては疑問視する見方もある。当該の証明書によって、同性カップルが渋谷区の家族向け区営住宅に入居することは可能となるが、UR賃貸住宅の入居申込、あるいは、入院時の面会や医療同意権に関しては不確かな効力しか持たないということを『ふぇみん』（二〇一五年五月二五日）で清水雄大が法律婚、事実婚と比較する形で図表化し、説明している。また、エスムラルダ・KIRA〔二〇一五〕も参照されたい。

〔★3〕公式サイトによると、レインボー・アクションは、「市井に生きるセクシュアル・マイノリティと生活感覚と存在を、社会的に可視化することによって、多様なあり方が大切にされ、安心して生きられる社会を実現するために活動して」いる特定非営利活動法人［http://rainbowaction.blog.fc2.com/　最終アクセス・二〇一六年三月一五日］。また、本文で言及したアンケートに関しては、以下のURLを参照のこと［http://rainbowaction.blog.fc2.com/blog-entry-220.html　最終アクセス・二〇一六年三月一五日］。

〔★4〕自民党内の「性的マイノリティに関する課題を考える会」に関しては、以下のURLを参照のこと。［http://partnershiplawjapan.org/news/archives/25　最終アクセス・二〇一六年三月一五日］。さらに、二〇一六年一月には、自民党内に「LGBT（性的少数者）に関する課題を検討するプロジェクトチーム」を設定することが承認されたという報道がなされた。その問題点に関しては、『東京新聞』二〇一六年三月二日「LGBT　自民の建前と本音」という記事でも論じられている。

〔★5〕とはいえ、「LGBT」をタイトルに掲げた特集や書籍は二〇一五年以前からも存在する。書籍では、NHK「ハートをつなごう」制作班監修『NHK「ハートをつなごう」LGBT　BOOK』（二〇一〇年）や薬師実芳ほか『LGBTってなんだろう?――からだの性・こころの性・好きになる性』（二〇一四年）などが挙げられる。

〔★6〕三重県伊賀市で二〇一六年四月より、兵庫県宝塚市で六月より同性カップルからの宣誓書を受けた受領書を発行することが決定しており、沖縄県那覇市でも二〇一六年七月より同性パートナーシップに関する施策を導入する方針である（二〇一六年二月現在）。

［★7］『Ｔｏｋｙｏ ｇｒａｆｆｉｔｉ』二〇一五年四月号では、同年四月から五月にかけて行なわれた「ＴＯＫＹＯ ＲＡＩＮＢＯＷ ＰＲＩＤＥ ２０１５」とのコラボ企画である「ＴＯＫＹＯ ＲＡＩＮＢＯＷ ＧＲＡＦＦＩＴＩ」という小特集が組まれている。本章で引用した長谷部の発言もその小特集の一部である。

［★8］本書の序章を含め、報道においては長谷部の見解に光が当てられることが多いのだが、当然ながら、パートナーシップ証明の実現に携わった人びとの考え方は一枚岩的なものではない。二〇一四年に設置された「渋谷区多様性社会推進条例の制定に係る検討会」にも、「ダイバーシティ」という切り口とは異なり、「あくまでもＬＧＢＴの問題を「人権問題」としてとらえていた」メンバーも参加していたという［エスムラルダ・ＫＩＲＡ、二〇一五、五〇頁］。なお、条例については、以下のＵＲＬから読める。[https://www.city.shibuya.tokyo.jp/kusei/jorei/jorei/lgbt.html 最終アクセス・二〇一六年二月一五日]

［★9］二〇一二年の『週刊ダイヤモンド』と『週刊東洋経済』の二誌だけではなく、「ＬＧＢＴ市場」は、それ以降もインターネットの記事を含め、しばしば取り上げられている。二〇一五年にも『日経ビジネス』（二〇一五年八月二四日号）が「究極のダイバーシティー ＬＧＢＴ」という特集を組んだ。同誌の特集の内容そのものに新しさは感じられないが、日本の「ＬＧＢＴ」向けの企業の取り組みや職場における「ＬＧＢＴ」の現状など二〇一二年の特集と比較すると、より具体的なエピソードが掲載されている。

［★10］「一服の清涼剤」とは、黒澤亜里子の吉本ばなな論である「夢のキッチン――吉本ばなな論」のなかの言葉である［黒澤、一九九〇、一四九頁］。黒澤は一九九〇年の段階で、吉本ばななの初期作品の可能性や潜在力を評価しつつも、それらが「一服の清涼剤」のように受容されることに警鐘を鳴らしている。黒澤論については、第三章で再び取り上げることになるが、本書でも同様の問題意識を持ちつつゲイ表象を読み解いていきたい。

第1章　〈脱政治化〉という〈性の政治〉

村上春樹「偶然の旅人」

彼は一人暮らしのゲイとして、それなりに満ち足りた生活を送っていた。身なりが良く、親切で礼儀正しく、ユーモアのセンスがあったし、ほとんど常に感じのいい微笑みを口元に浮かべていたから、多くの人々は――生理的に同性愛者を毛ぎらいする人を別にすればということだが――彼に自然な好感を持った。仕事の腕は一流だったので、多くのクライアントがつき、収入も安定していた。有名なピアニストが彼を指名することもあった。大学町の一角に2ベッドルームのマンションを購入し、そのローンの返済もおおむね終わっていた。上等なオーディオ装置を持ち、自然食の調理に精通し、週に五日はジムに通って贅肉を落とした。何人かの男たちとつきあったのちに、現在のパートナーと巡り合ってもう十年近く、穏やかで不満のない性的関係を維持している。

村上春樹「偶然の旅人」二三頁

「ホモノーマティヴィティ」というネオリベラルな〈性の政治〉

序章で概観したように、近年の日本では性的マイノリティの可視化が推進されつつあり、時には〈多様性〉の一つとして肯定され、称揚される動きも見られる。二〇一〇年代に入り、とりわけ二〇一五年三月三一日に可決された「渋谷区男女平等及び多様性を尊重する社会を推進する条例」を契機に、同性婚や同性パートナーシップ、「LGBT市場」に関連した報道や記事も増加した。文学作品の読解を通して、そうした可視化をめぐる力学について考えることが本書の主題となるのだが、本章ではまずアメリカ合衆国の政治学者であるリサ・ドゥガンの議論に目を向けることから始めたい。

ドゥガンは二〇〇三年の *The Twilight of Equality?* という著作で、九〇年代中盤以降、特に二〇〇一年の九・一一以降に、合衆国のゲイ団体がネオリベラリズムと親和性が高いレトリックを採用し、(二〇〇三年当時) 同性婚と同性愛者の軍隊への加入の権利を中心的な課題として掲げるようになったことを指摘する［★1］。その典型的な団体として、ドゥガンが批判的に考察するのが Independent Gay Forum (IGF) である。なお、ドゥガンによれば、IGFのウェブサイトに名前があるのは三〇人の男性と三人の女性で、一人のアフリカン・アメリカンの男性以外は全員白人であり、人種的、ジェンダー的な偏りが顕著に見られる。

ＩＧＦのサイトによれば、同団体は「ゲイやレズビアンの市民社会への完全な包摂」を求め、その代わりとして、ゲイやレズビアンが国民生活の「クリエイティヴィティ、たくましさ、品性」に貢献するという主張をしており、同時に、「市場経済、自由討論、小さな政府」に基づいた「個人の自由、個々人の道徳的自律と責任、法の下での平等」を尊重することを宣言している〔Duggan 2003, 45-48〕。ここでも、前章で触れたようなクリエイティヴィティに基づいて「市場経済」に貢献することを「ＬＧＢＴ」の社会的承認の根拠として掲げる、「ＬＧＢＴ市場」について言及される際のレトリックが見て取れる。そうなると、ＩＧＦのレトリックにおいては、「ゲイやレズビアンの市民社会への完全な包摂」といっても、「市場経済」に貢献することのないレズビアンやゲイ男性の存在はそこから排除され、経済的な格差の問題は不可視化されることになるのである。

ＩＧＦのこのような戦略に対して、ドゥガンは次のように述べる。

ＩＧＦの新たなネオリベラルな性の政治は、「新しいホモノーマティヴィティ〔homonormativity〕」と名づけることができるだろう。それは支配的でヘテロノーマティヴ〔heteronormative〕な前提や制度に異議を唱えるのではなく、それらを支え、維持し、同時に、解体されたゲイの有権者層と、家庭生活と消費につなぎとめられ、私的化され、脱政治化されたゲイ・カルチャーの可能性を約束する政治である。〔Duggan 2003, 50〕

ドゥガンはＩＧＦのような団体の「ネオリベラルな性の政治」を「新しいホモノーマティヴィティ」と呼び、批判する。「ホモノーマティヴィティ」とは、一見「ヘテロノーマティヴィティ」＝「異性愛規範」の対義語であり、同性愛の規範化であるかのようにも見えるが、そうではなく、異性愛規範に基づいた価値観や制度を補強し、「家庭生活と消費につなぎとめられ、私的化され、脱政治化されたゲイ・カルチャーの可能性」を重視するものである。

このような〈性の政治〉――〈政治〉という言葉については後ほど述べる――のもとでは、セクシュアリティを公的で社会的、政治的な問題とみなしてきたこれまでのゲイ・ムーブメントの戦略は放棄され、「家庭というプライバシー」や「『自由な』市場」、「愛国心」（軍隊への加入）といった非常に限られた領域におけるアクセスの権利の平等が主張され、私的領域の自由のみが求められるようになる〔Duggan 2003, 51〕。そして、非規範的な性のさまざまな形態は、異性愛の優位性のまわりに配列された「固定されたマイノリティ」〔Duggan 2003, 65〕として、いうなれば、既存のジェンダー／セクシュアリティ秩序を脅かさないものとして可視化されるようになるのである。それは昨今の「ＬＧＢＴ」の語られ方とも共通するものである。

クィア・スタディーズの変遷と現在の課題を述べる清水晶子の言葉を借りれば、ドゥガンの議論は「マジョリティ／マイノリティの線引きもマジョリティの中心性も問い直すことのない多様性の称揚という形でマイノリティを回収する多文化主義的な弊害」への批判ということになる〔清水、二〇一三a、二一八頁〕。こうしたドゥガンのホモノーマティヴィティ批判は、少なくとも英語圏では「現在のクィア・ポリティクスにかかわる学術的議論の多くに参照され」ているものであるという〔清水、二〇一三b、三二八頁〕。

もちろん、清水が注意深く論じているように、ドゥガンが批判するような合衆国のホモノーマティヴな〈性の政治〉が現在の日本にそのまま当てはまるわけではない。だが、ネオリベラルな価値観のもとで、固定されたマイノリティとしての「LGBT」が可視的に語られつつある昨今の日本の動きについて考察する際にも、ドゥガンが提起する論点は有効であると思われる〔★2〕。そこで本章では、日本のネオリベラルな政治・経済体制を本格的に推し進めたといわれる小泉政権下の二〇〇五年に発表された、村上春樹の「偶然の旅人」という短編を、ドゥガンの指摘をも参考にしながら読む。

村上春樹の作品に登場する性的マイノリティ／非規範的な性

まずは村上春樹について確認しよう。村上春樹（一九四九年〜）は、一九七九年に『風の歌を聴け』でデビューし（同作で第二二回群像新人文学賞を受賞）、一九八〇年に『1973年のピンボール』、一九八二年に『羊をめぐる冒険』、一九八五年に『世界の終りとハードボイルド・ワンダーランド』を刊行した。一九八七年に発表した『ノルウェイの森』はベストセラーになった。以降、『ダンス・ダンス・ダンス』（一九八八年）、『ねじまき鳥クロニクル』全三部（一九九四〜九五年）、『海辺のカフカ』（二〇〇二年）、『1Q84』BOOK1〜3（二〇〇九〜一〇年）、『色彩を持たない多崎つくると、彼の巡礼の年』（二〇一三年）などを刊行し、いずれも話題作となる。多くの言語に翻訳され、世界でもたくさんの読者を獲得している。また、フィッツジェラルドやレイモンド・カーヴァーといったアメリカ文学の翻訳でも知られている。現代作家のなかでは、非常に多くの評論や研究論文が出されている。

村上春樹は性的マイノリティや、規範からはずれるとみなされる性的関係を頻繁に作中に登場させる作家でもある。『ノルウェイの森』（一九八七年）では、レイコさんという登場人物が語る話のなかに、彼女を破滅へと導いた「筋金入りのレズビアン」〔村上、二〇〇四a、二〇頁〕の少女が出てくる。『スプートニクの恋人』（一九九九年）では、すみれと彼女が恋に落ちたミュウという女性との関係が綴られる。『海辺のカフカ』（二〇〇二年）には、「身体の仕組みこそ女性だけど、僕の意識は完全に男性」である大島さんというキャラクターが登場する。大島さんは「性的嗜好でいえば、僕は男が好きです。つまり女性でありながら、ゲイです」〔村上、二〇〇五、三七九、三八〇頁〕と自分自身を説明する。ベストセラーとなった『1Q84』（二〇〇九〜一〇年）でも、青豆とあゆみという二人の女性登場人物の間での性的な行為について言及され、「レズビアンの傾向みたいなの」はないという青豆とあゆみはそのことを「レズビアンの真似みたいなこと」や「レズの真似ごと」などと呼ぶ〔村上、二〇一二a、九七、九八頁〕。この作品にはタマルという「メジャー・リーグ級のゲイ」〔村上、二〇一二b、一九九頁〕も登場する。

ゲイ男性については、このタマルだけではなく、『ダンス・ダンス・ダンス』（一九八八年）の「ゲイの書生」〔村上、二〇〇四b、七二頁〕や『国境の南、太陽の西』（一九九二年）のゲイである「若いハンサムなバーテンダー」〔村上、一九九五、一四二頁〕、二〇一四年に出された短編集『女のいない男たち』に収録された「独立器官」の「顔立ちはなかなかハンサム」［村上、二〇一四、一四九頁］である後藤青年など、魅力的な脇役としていくつかの作品に登場している。

また、『色彩を持たない多崎つくると、彼の巡礼の年』（二〇一三年）には、主人公つくるの同級生であったアカという登場人物が「女性に対して、うまく欲望を持つことができない。まったく持てないわけじゃないが、それよりは男との方がうまくいく」［村上、二〇一三、二〇五頁］と語る一節がある。さらに、アカのこの発言を聞いたつくるが思い出すエピソードでもあるのだが、この作品には夢か現実か曖昧な状態で、つくると灰田という男性とのオーラルセックスの場面があり、それを通してつくるがホモフォビックな混乱に陥るという一節もある［村上、二〇一三、一一八、一三二頁］。

なお、村上作品の男性同性愛表象に関していえば、「ゲイ」であると明確に自認する、あるいは、他者からそう呼ばれるキャラクターがしばしば登場するのだが、女性同性愛表象では、当事者となるキャラクターが「レズビアン」というアイデンティティを持つかどうかにかかわらず、女性同士の恋愛や性行為が——時には「真似ごと」として——描かれる。イヴ・コゾフスキー・セジウィックは、同性愛表象に、同性愛を「主として、相対的に固定された、少数の明確なマイノリティに作用する問題だと定義する」マイノリティ化の見解——「LGBT」という語り方もマイノリティ化の見解に該当する——と、「様々な位置を占める人々の生活を長期にわたって決定して行く問題だと定義する」普遍化の見解との二重性を指摘するのだが［セジウィック、一九九九、一〇頁］、そうすると、村上作品の男性同性愛は——『色彩を持たない多崎つくると、彼の巡礼の年』のつくると灰田の行為の場面は別にして――マイノリティ化の見解、女性同性愛は普遍化の見解に従って表象される傾向にあると整理できる［★3］。

「偶然の旅人」の偶然に導かれたゲイ

さて、脇役としては村上作品に非常に多く登場するゲイ男性だが、中心的なキャラクターがゲイ男性であるということは、案外少ない。その例外的な作品の一つが本章で取り上げる「偶然の旅人」である。

「偶然の旅人」は、『新潮』二〇〇五年三月号に連作「東京奇譚集」の第一作として発表された作品であり、同誌に掲載されたほかの三作品（「ハナレイ・ベイ」、「どこであれそれが見つかりそうな場所で」、「日々移動する腎臓のかたちをした石」）と書き下ろし一作品（「品川猿」）を加えて、同年九月に『東京奇譚集』というタイトルで出版された。

「奇譚」というタイトルの一部が示すように、テクストの言葉に従えば、「不思議な出来事」が「偶然の旅人」の主題になるのだが、「人生を変えた不思議な出来事」ではなく、「とるに足りない、些細な方の体験」に光が当てられることになる［九、一一頁］。

まずはあらすじを概観しよう。「偶然の旅人」とは、「この文章の筆者」［九頁］である「村上」という名前の男性が「僕」という一人称の語り手となって、ピアノの調律師をしている「彼」と呼ばれる知人の遭遇した「偶然に導かれた体験」［一七頁］を聞き、語るという体裁をとっている。

火曜日の朝、「彼」は郊外のショッピング・モールのすいたカフェでイギリスの作家チャールズ・ディケンズの『荒涼館』（一八五二〜五三年）を読んでいた。すると、隣の席の女性も決して売れ筋ではない同じ小説を読んでいる。この「不思議な巡りあわせ」〔二六頁〕をきっかけに「彼女」と交流を持つようになった「彼」は、翌週、「彼女」に「静かなところ」〔二九頁〕へと誘われる。つまり、「彼女」から性的な誘いを受けるのだが、「彼」はその誘いを断る。そうすると、「彼女」は「あさって」に乳癌の再検査をひかえ、不安に陥っていたということを「彼」に打ち明ける。「彼女」は商社に勤める夫にもそのことを話せずにいたという。

その時目にした「彼女」の耳たぶのほくろが引き金になり、「彼」は同じ場所にほくろのある姉のことを不意に思い出す。「彼」と姉は仲違いをし、十年以上も疎遠になっていたのだ。その姉に連絡し、再会してみると、姉も「あさって」に乳癌の手術をするという。以上のような「偶然」の重なりを通して、最終的に「彼」は姉と和解する。そうすることで、「彼」は「以前に比べてもっと自然に生きることができるようになった」〔四七頁〕と述べられる。その「彼」がゲイ男性であるという設定なのである。

「彼」が「彼女」の誘いを断る際に、「僕は同性愛者なんです」〔三〇頁〕と「彼」がゲイであることが持ち出される点、また、「彼」と姉の仲違いの原因が、大学時代の「彼」のカミングアウトとそれに続くアウティング〔★4〕にあったということはあるのだが、物語の主題となる「偶然に導かれた体験」そのものに対して、この「彼」がゲイ男性である必然性はない。換言すれば、「彼」がゲイ男性でなくても、こうした「偶然」の符合を導くことはできるのである。しかし、そうであるからこそ、このテクストで「彼」がゲイであることがいかに表象されるのかは興味深い論点になると思われる。

洗練された都市生活者としてのゲイ男性

ホモノーマティヴな「彼」

まずは「偶然の旅人」から、「彼」のことを紹介する部分を二箇所抜き出してみよう。

彼はピアノの調律師をしている。住まいは東京の西、多摩川の近くにある。41歳でゲイである。自分がゲイである事実をとくに隠してはいない。三歳年下のボーイフレンドがいるが、彼は不動産関係の職についており、仕事の都合上カミングアウトができない。だから二人は別々に暮らしている。調律師ではあるけれど、音楽大学のピアノ科を出ているし、ピアノの腕も捨てたものではない。ドビッシーやラヴェルやエリック・サティーといったフランス音楽をなかなか上手に、味わい深く弾く。彼がいちばん愛好しているのはフランシス・プーランクの曲だ。［一八頁］

彼は一人暮らしのゲイとして、それなりに満ち足りた生活を送っていた。身なりが良く、親切で礼儀正しく、ユーモアのセンスがあったし、ほとんど常に感じのいい微笑みを口元に浮かべていたから、多くの人々は——生理的に同性愛者を毛ぎらいする人を別にすればということだが——彼に自然な好感を持った。仕事の腕は一流だったので、多くのクライアントがつき、収入も安定していた。有名なピアニストが彼を指名することもあった。大学町の一角に2ベッドルームのマンションを購入し、そのローンの返済もおおむね終わっていた。上等なオーディオ装置を持ち、自然食の調理に精通し、週に五日はジムに通って贅肉を落とした。何人かの男たちとつきあったのちに、現在のパートナーと巡り合ってもう十年近く、穏やかで不満のない性的関係を維持している。［二二頁］

都市生活者のゲイ男性である「彼」は「それなりに満ち足りた生活を送っていた」という。「彼」はピアノの調律師をしており、その仕事を通じて「僕」とも知り合ったのであるが、非常に洗練された人物として設定されている。聴き取る能力にすぐれた「彼」は、その腕の良さから収入も安定し、住居、音楽、食事、ジムと大いにこだわりを持ちながら、消費活動に勤しんでいる。また、「彼」には三歳年下のパートナーがいる。専門職の「彼」とは異なり、「不動産関係の職」についているパートナーはカミングアウトが難しい状態にある。職種がゲイ男性の生活に及ぼす影響もテクストには書き込まれているのだが、いずれにせよ、十年近く続いたという二人のパートナーシップは安定しているようである。特に「穏やかで不満のない性的関係」という表現からは、同性婚とはいえないとしても、「彼」とパートナーとの関係は乱交からも遠く、異性愛規範に基づいた社会が理想とするモノガミー〔★5〕を前提とした婚姻関係に近いものであることが感じられる。

河口和也は、テレビ番組でカリスマとして表象される「おネエキャラ」に注目し、「脱性化され、経済的な消費活動に貢献する人は「良い市民」として社会に迎え入れられる」〔河口、二〇一三、一六五頁〕という性的マイノリティの可視化の力学について指摘しているのだが、「偶然の旅人」の「彼」も健全に「経済的な消費活動に貢献」し、社会秩序を脅かすことのない、まさに「良い市民」として表象されているのである。こうした「彼」の表象のされ方にドゥガンが議論する「新しいホモノーマティヴィティ」を見出すのは難しくはないだろう。

なお、「彼」はこれほどこだわりを持って生活しているのだが、それでも「それなりに満ち足りた生活」、すなわち、まだ何かが足りない段階にあるという。姉との和解の後、「もっと自然に生きることができるようになった」〔四七頁〕ことが「彼」の物語の着地点として想定されていることから、このテクストでは経済的なことよりも、本来の自分を探すこと、あるいは、回復することに重きが置かれていることがうかがえる。もちろん、お金では買えない何かの意義を否定するつもりはないのだが、すでに経済的に十分に安定している「彼」がそうした振る舞いをすることで、テクストでは経済的な問題が後景化され、隠蔽されることになる。

三浦玲一は、ネオリベラリズム体制下の社会や文化の特徴の一つとして「(富の)再分配を目標とする政治から(アイデンティティの)承認を求める政治への移行」を挙げ、村上春樹の『1Q84』をこの文脈で分析しているのだが〔三浦、二〇一四、四〇頁〕、「偶然の旅人」のゲイ男性の表象もこうした動きに当てはまるものである。ちなみに、「奇譚」を通して真の自己へと到達する、少なくともそのきっかけが見出されるというのは、『東京奇譚集』収録の作品に共通するテーマであり、「名前」の喪失とその回復を主題とする「品川猿」においてそのことはとりわけ顕著である。

脱性化されるゲイ表象

「偶然の旅人」のゲイ男性の表象に戻ろう。性的に安定したゲイ・カップルの表象という以前に、そもそもこの作品ではゲイ男性としての「彼」のセクシュアリティは不可視化されている。「何人かの男たちとつきあったのちに、現在のパートナーと巡り合ってもう十年近く、穏やかで不満のない性的関係を維持している」という一節はあるものの、それだけである。「彼」と大学時代のガールフレンドとの異性間の性行為についてはある程度詳細に言及されるのだが、「彼」と男性との性行為に関してはいっさい触れられない。「僕」は話がそこに及びそうになると、次のように露骨に中断する。

それでもまだ彼は、自分はただ性的に淡泊なだけなのだと考えていた。しかしあるとき……いや、でもこの話はやめよう。話し出すと長くなるし、この物語に直接関係のないことだからだ。とにかくあることが起こり、自分が紛れもなくホモ・セクシュアルであるという事実を彼は発見したわけだ。［二二一頁］

なるほど、引用した一節でほのめかされる「自分が紛れもなくホモ・セクシュアルであるという事実」を「彼」に知らしめた「あること」とは、「彼」の「人生を変えた不思議な出来事」のほうかもしれず、それを語らないのは作品の冒頭で宣言されたとおりである。そうなると、物語の枠組みそのものがゲイ男性の脱性化を正当化しているとも考えられる。

河口は、性的マイノリティが「良い市民」として表象される際、「脱性化」されることを強調しているが、そのことも「偶然の旅人」の「彼」に当てはまるものである。さらに、竹村和子は、エロスを無化したうえで、「性差別と異性愛主義を残したままの社会のなかで商品＝記号として循環するゲイネスは、〔ヘテロ〕セクシズムの抑圧構造をおおいかくす暗幕にすぎない」と論じているのだが〔竹村、二〇〇二、八三頁〕、村上作品にしばしば登場する脱性化されたゲイ男性も、異性愛規範を隠蔽する「暗幕」として機能してしまうものである〔★6〕。

ところで、「偶然の旅人」では排除されているのだが、『東京奇譚集』全体では男性間の性行為への言及がある。二番目の作品の「ハナレイ・ベイ」は、ハワイのハナレイ湾で息子をなくしたサチというピアニストの女性がハワイを訪れる物語であるのだが、ハワイを無計画に不用心に旅する若い二人の日本人男性に対して、サチは「夜中に警察の手入れくらって、留置場に放り込まれて、相撲取りみたいなでかいハワイアンに、夜中におかま掘られたくないでしょ。そういう趣味があるんならもちろん話はべつだけど、けっこう痛いよ」〔村上、二〇〇七、七二頁〕と男性間の性行為について冗談めかしながら、かつ、露骨に「おかま掘られ」るという表現を用いつつ、彼らの無計画さに警鐘を鳴らしている。河口は脱性化されたゲイ男性が「良い市民」として可視されるのと同時に、「公共の場でセックスをすることで市民的秩序を乱す人は「悪い市民」としてレッテルを貼られるか、あるいは市民カテゴリーの「外部」に放逐されることになる」〔河口、二〇一三、一六五頁〕と続けているのだが、「悪い市民」を容易に想起させる「留置場」のなかでの男性間の性行為への露骨な言及は、「偶然の旅人」における「良い市民」としての「彼」の男性間の性行為の不可視化と表裏をなすものといえよう。

その一方で、奇妙なことに、「彼」と「彼女」や姉といった女性との間には、性器的なセクシュアリティには還元されない、触覚的なエロティシズムが漂っている。「彼」が不安に襲われている女性を癒すという名目のもと、「彼女」に対しては「肩を抱き、髪を優しく撫でた」〔三〇頁〕、姉に対しては「姉の右の耳たぶに手をやり、指先でほくろを軽くこすった」、「耳にそっとキスをした」〔四六頁〕などといった身体的な接触が繰り広げられている。徳江剛は「彼の女性への接触の仕方はヘテロ的にも見える」と指摘しているのだが、確かに「彼」と姉の関係は恋愛に近いものとして表象されている〔徳江、二〇一三、三〇頁〕。あるいは、姉との関係については、近親相姦を予防するために、「彼」が女性と性行為は行なわないゲイ男性だという設定が持ち出されているとも考えられる。いずれにしても、このような触覚的なエロティシズムはあくまでも「彼」と女性との異性間で発生するもので、ホモセクシュアリティ／ホモエロティシズムは明確なゲイ男性のキャラクターを通して皮肉にも抹消されることになるのである。

〈脱政治化〉という〈性の政治〉

仲違いの背景

さて、ドゥガンは「ネオリベラルな性の政治」である「新しいホモノーマティヴィティ」の特徴として「家庭生活と消費につなぎとめられ、私的化され、脱政治化されたゲイ・カルチャー」を重視することを挙げている。続いて、本章でも「偶然の旅人」の「彼」の表象から〈脱政治化〉という問題を考えたい。

ここで改めて〈政治〉という言葉について補足しよう。本書で用いる〈政治〉とは、狭義の政治に限定されるものではなく、『性の政治学』（一九七〇年）でケイト・ミレットが述べるように「権力構造的諸関係」全般を示すものである。一九六〇年代後半から七〇年代の第二波フェミニズムは、〈個人的なことは政治的なこと〉というそのスローガンが示すように、恋愛や性愛、あるいは、家庭といった従来は〈個人的〉なこととみなされるもののなかに潜む性差別の問題、すなわち、性をめぐる「権力構造的諸関係」を俎上にのせた［ミレット、一九七三、六九頁］。本書でも、このような意味合いで〈政治〉という言葉を用いている。したがって、〈脱政治化〉とは、「権力構造的諸関係」の抑圧性や差別性を問いなおすこともないまま、不可視化し、隠蔽する動きを指す。そして、そうした姿勢そのものが既存の「権力構造的諸関係」の維持や再強化につながるものだと考え、本書では〈脱政治化〉

自体も一つの〈政治〉であると位置づける。

「偶然の旅人」の前半で、「彼」は大学時代に「あることが起こり、自分が紛れもなくホモ・セクシュアルであるという事実を〔…〕発見した」という。「彼」は当時のガールフレンドにもその「発見」を打ち明けた。ところが、話はそこで終わらずに、いつの間にか「まわりのほとんどすべての人間が、彼がゲイであることを知るようにな」り、「その話は回りまわって家族にも伝わ」ることになる。そして、そのことが「彼」の「家族」に「波風を立て」、二歳年上の姉が間近にひかえていた結婚話も危うく破綻しそうになったのである。結局、姉は結婚するのだが、「彼」と姉の間のそれまでの「親密さ」は損なわれ、断絶が生じてしまうことになる〔二一一―二一二頁〕。

作品の後半で、「偶然」に導かれて、「彼」は姉と再会することになるのだが、そこでは姉との仲違いの経緯と和解が物語の中心になる。二人が仲違いに至った理由としては、次のようなことがあったという。

姉の結婚話がもつれたとき、興奮状態の中で、口にすべきではないことをお互いが口にしてしまったというのも、その理由のひとつだった。姉が結婚した相手が彼の気に入らなかったというのも理由のひとつだった。その男は傲慢な俗物であり、彼の性的傾向をまるで不治の伝染病のように扱った。どうしてもやむを得ない場合は別にして、その男の100メートル以内には近寄りたくなかった。〔二三六―二三七頁〕

つまり、姉の結婚相手は「彼」のセクシュアリティを「不治の伝染病」としてとらえ、その伝染を避けるために姉との結婚にも躊躇したというのだ。

ゲイ男性、あるいは、男性同性愛を「不治の伝染病」とみなすことは深刻なホモフォビアに他ならない。だが、ある時期、男性同性愛はあからさまなまでに「不治の伝染病」と結びつけられて考えられていた。それはもちろん、一九八〇年代のエイズ危機の時代である。姉の結婚相手の態度は、結婚間際の時期、すなわち、「彼」が大学生の頃のものであると推定される。「偶然の旅人」の背景となる時代は特定できないのだが、仮に物語の現在を作品が出された二〇〇五年頃とすれば、「彼」の大学時代はまさに一九八〇年代中盤に相当する。

ただし、ヴィンセント・風間・河口『ゲイ・スタディーズ』で指摘されているように、男性同性愛を病気と死、感染のイメージで語ることはHIV／エイズによって生じたのではなく、その出現以前から見られるものであり、エイズの表象はそうしたステレオタイプを援用したものに他ならないということにも注意する必要があるだろう［ヴィンセント・風間・河口、一九九七、一二七頁］。

一九八〇年代にHIV／エイズはどのように語られたのか

HIV／エイズに関する一九八〇年代の状況はいかなるものだったのか。ここでいったん「偶然の旅人」を離れ、風間孝・河口和也『同性愛と異性愛』を参照しつつ概説する。

一九八一年七月三日のニューヨーク・タイムズ紙に、「ニューヨークやカリフォルニアで四一人の同性愛者にめずらしい癌が見つかる」という内容の記事が掲載された。これが現在エイズとして知られている病気についての初の報道であったという。当時は、男性同性愛者だけに広がる疫病として「ゲイのペスト」や「ゲイの癌」として語られており、適切な治療方法が見出されず、致死率が大きかったため、恐怖の対象となった。それはホモフォビアを動員しつつ男性同性愛者への社会的排除という形を取るようになった。この「謎の病気」が「エイズ」(Acquired Immune Deficiency Syndrome／後天性免疫不全症候群)と名づけられたのが翌年の八二年であり、また、その病気がＨＩＶ(Human Immunodeficiency Virus／ヒト免疫不全ウイルス)というウイルスによるものだとわかったのが八三年のことであった。一九八〇年代前半の日本でもエイズに関する報道はなされていたが、基本的にはアメリカ合衆国やカナダといった海外の出来事としてとらえられていた[風間・河口、二〇一〇、一一―一六頁][★7]。

エイズは国外のものであるという構図は一九八〇年代中盤になると徐々に変化する。一九八五年三月二二日に日本におけるエイズ「一号患者」の報道がなされたのであった。同日の『朝日新聞』には、その「一号患者」について、「米国在住の日本人が一時帰国中に受診し、エイズと認定されたもので、わが国への二次感染の恐れはない、と判断している」と記されている。記事には、「この男性は、米国で同居していた男性が一昨年、エイズで亡くなっている」という一節もあり、この人物がゲイ男性であるとは明示されないものの、そのように読める書き方になっている[『朝日新聞』一九八五年三月二三日]。換言すれば、エイズとは外国から、男性間の性行為を通して日本にもたらされるものであるというステレオタイプ的な見解が援用されているのである［★8］。

男性同性愛とＨＩＶ／エイズを結びつける報道を通して、当事者は不安にさらされることになった。ある意味ではそうした不安を利用しつつ、一九八五年七月に、ゲイ雑誌の協力を得て、一一三人を対象とした「疫学調査」が行なわれ、その約五％が陽性であるという結果が出される（日本人三人、外国人二人の計五人が陽性であった）。そうなると、その数字が一人歩きし、メディアでセンセーショナルに取り上げられるようになった［風間、一九九七、四〇八頁。風間、一九九八、二四三―二四四頁］。

このような状況のもと、一九八五年一〇月二三日、問診チェックの強化によって「男性同性愛者」や「男性両性愛者」に献血をさせないことを厚生省が日本赤十字社に通知したという内容の記事が報道される。翌日の『毎日新聞』の「同性愛者の献血お断り」という見出しの記事では、「国内で新たに男性同性愛者のエイズ（後天性免疫不全症候群）患者三人が認定され」、「本格的なエイズ汚染に巻き込まれる危険が高まっている」ということが強調されているのだが、そこには次のような一節がある。

同省［厚生省――引用者補足］薬務局生物製剤課長名で出された通知は「献血時における問診の強化等について」と題され、まず二十二日の厚生省ＡＩＤＳ（エイズ）調査検討委員会が新たに三人（うち一人は外国人）の男性同性愛者をエイズと認定し、患者が十一人になったことを強調。「最近のエイズ患者の発生状況にかんがみ、男性同性愛者等エイズ・ハイリスク（危険性の高い）グループの献血は、当分の間これを見合わせる」として、献血者に対する問診の強化、健康診断

に従事する医師への情報提供などの措置を求めている。［『毎日新聞』一九八五年一〇月二四日］

引用した一節には陽性者の人権や支援という発想はほとんど見られず、社会防衛という観点から「男性同性愛者等」（ここには「男性両性愛者」や「薬物乱用者」も含まれる）が「エイズ・ハイリスク（危険性の高い）グループ」として位置づけられている。だがそれは、ＨＩＶに感染しやすいリスクにさらされている人ということではなく、「エイズ汚染」の危険な感染源と考えるものである。感染するのはＨＩＶというウイルスなのだが、「男性同性愛」や「男性両性愛」というセクシュアリティ、「男性同性愛者」や「男性両性愛者」という人物が病理化され、あたかも「伝染病」の感染源、ウイルスそのものであるかのように語られているのである。サンダー・ギルマンの言葉を借りれば、「汚染の危険を同性愛者（および新たに烙印を押されている他の集団）に限定することで、異性愛者の社会が性病の蔓延に対していだく感染の恐怖を封じこめ」［ギルマン、一九九七、四九一頁］ようとしたのであった。

こうした一九八〇年代中盤の動きを踏まえつつ「偶然の旅人」の一節を読み返してみると、「彼」が述べるように、「傲慢な俗物」であったため、姉の結婚相手がゲイ男性のセクシュアリティを「不治の伝染病」とみなしたというよりは、当時の全国紙レベルの新聞までもが、そのような見方を先導していたということになる［★9］。

失われる〈政治化〉の契機

このように、一九八〇年代には「男性同性愛者」や「男性両性愛者」は「エイズ汚染」の危険な感染源として語られるようになったのだが、風間孝はそうした状況を次のように考察する。

エイズという実に多義的な現象に直面したことは、日本の同性愛者たちがアイデンティティを獲得していくうえでの端緒になった。それによって否応なく自分たちの同性愛という性的指向を一つの個人的な「趣味」や性行動としてだけではなく、一つの政治的な問題として考える方向に進んでいった。そして同時に日本の主流社会も同性愛について多くのことを「知る」ことになった。この両者間のやりとりの中から、日本の同性愛者はある程度、政治化し可視的な存在になったといえよう。〔風間、一九九七、四〇五頁〕

つまり、「エイズという実に多義的な現象に直面したこと」で、それまでの日本では隠蔽化されていたホモフォビアが顕在化するようになったのであり、その結果、日本の男性同性愛者たちは「否応なく自分たちの同性愛という性的指向を一つの個人的な「趣味」や性行動としてだけではなく、一つの政治的な問題として考える方向に進んでいった」というのである。実際に当時の日本の男性同性愛者たちがどれだけ「政治化し可視的な存在になった」かは別にしても〔★10〕、風間はそこに「自分のうちにも内面化され、社会において構造化されているホモフォビアと闘っていく」という〈政治化〉の契機を見出している〔風間、一九九七、四二〇頁〕。要するに、ゲイ男性のセクシュアリティという従来は〈個人的〉とみなされていたことを「政治的な問題」として、まさに〈個人的なことは政治的なこと〉としてとらえなおすきっかけが生じたのである。

それでは、「偶然の旅人」の「彼」はどうだろうか。「彼」は、姉と和解した後の後日談として次のように語る。

「甥や姪ともすっかり仲良くなりました。姪にはピアノを教えてもいます。僕が言うのもなんだけど、けっこう筋はいいんですよ。姉の夫も実際につきあってみると、思っていたほど嫌なやつではありませんでした。もちろん傲慢なところがなくはないし、いささか俗物ではあるんだけど、一生懸命働いていることは確かだし、何よりも姉を大事にしてくれます。それにゲイは伝染性のものではないし、甥や姪にもうつらないんだということをようやく理解してくれました。それはささやかだけれど偉大な一歩ですよね」〔四六頁〕

「不治の伝染病」というホモフォビックなゲイ男性のイメージを、姉の夫の資質（＝〈個人〉）を越えて、「政治的な問題」として「彼」が考えなおすことはないのである。顕在化されたホモフォビアは再び曖昧化され、〈個人的なことは政治的なこと〉ではなく、あたかも〈個人的なことは個人的なこと〉であるかのように、姉の夫の理解を得たことで片づけられる。換言すれば、〈政治化〉の契機はこのテクストに持ち込まれつつも失われるということになるのだ。本書では「偶然の旅人」のそうした展開に〈脱政治化〉という〈性の政治〉を指摘する。

しかもその過程では、姉の夫が「一生懸命働いている」＝稼ぐことと、「家族」を円満に維持していることが評価されている。かつての「彼」のカミングアウトやそれに伴ったアウティングをあたかも「彼」の過失であるかのように解釈した「家族」への批判的な眼差しは見出せないのである。それどころか、現在の「彼」は、異性愛規範に基づいた「家族」をまったく脅かすことはなく、たとえ結婚や出産といった次世代再生産に自らが直接関わることがなくても、甥や姪といった世代の子どもたちとも友好な関係を築くことができる善良な「家族」の一員という位置に置かれるのである。それが「家族」のなかで周縁的な位置であったとしても。

小説の後半では、和解をした姉との会話のなかで、「ピアニストになるのをあきらめ」たことや「自分がゲイだと気づいた」ことによって、かつての「彼」が「すごく怯えていたし、怖くてたまらなかった」、「世界からずり落ちていくような気がした」ということが明かされている［四〇—四一頁］。だからこそ、カミングアウトをすることで、「本来の自分」、「自然なかたちの自分自身」に戻ることができたことも強調される［四一頁］。したがって、先ほど引用した一節の「ほとんど常に感じのいい微笑みを口元に浮かべてい」るという現在の「彼」の生き方は、そうした危機を乗り越えた結果、「ベテランのゲイ」として「彼」が習得した「いろんなとくべつな能力」の一つ＝処世術であることもテクストからは読み取れる［三五頁］［★11］。

しかし、そのような処世術とは、最終的には「彼」を「ずり落」とそうとした異性愛中心の「家族」や社会への問いなおしではなく、そこに包摂されることを目指すものに他ならない。すなわち、風間の言葉を借りれば、「社会において構造化されているホモフォビア」を「彼」が批判的に見なおす気配はないのである。

ホモノーマティヴな「彼」、ヘテロセクシストな「彼女」、フレキシブルな「僕」

ヘテロセクシストな「彼女」（たち）

このように「偶然の旅人」のゲイ男性の表象のされ方にはホモノーマティヴィティの特徴が見て取れるのだが、そうした特徴は「偶然の旅人」のなかでいかなる効果をもたらすのだろうか。「彼」と「彼女」や姉、あるいは、「彼」と「僕」の関係性に着目したい。

「偶然の旅人」で語られる「彼」の「偶然に導かれた体験」とは女性とのカフェでの出会いが発端となっている。「静かなところ」に誘われた「彼」は「僕は同性愛者なんです。ですから女の人を相手にしたセックスはできません」［三〇頁］と告げたのだった。それに続いて、次のような一節がある。

彼の説明の趣旨が相手にじゅうぶん理解されるまでに少し時間がかかったが（なにしろ同性愛者に出会ったのは、彼女の人生で初めての体験だったから）、それが呑み込めたあとで彼女は泣いた。調律師の肩に顔をつけて、長いあいだ泣いていた。たぶんショックだったのだろう。気の毒に、と彼は思った。そして女の肩を抱き、髪を優しく撫でた。〔三〇頁〕

彼の告白は「彼女」に「ショック」をもたらすものである。「同性愛者に出会ったのは、彼女の人生で初めての体験」であり、それゆえに「彼の説明の趣旨が相手にじゅうぶん理解されるまでに少し時間がかかった」のである。「彼女」は、かつての「彼」の義兄のような暴言は吐かないものの、異性愛を〈自然〉で〈あたりまえ〉のものととらえ、同性愛者の存在さえも想定しないという異性愛主義＝ヘテロセクシズムを強固に内面化したキャラクターとして設定されている。

また、「彼女のたかぶり」〔三一頁〕の背景には乳癌の再検査をひかえていたということも推察される。米村みゆきは、「偶然の旅人」における乳癌について、「乳房を失う可能性を持つ乳癌という病は、世間の求める女性像からの〝逸脱〟を意味することとなる」と指摘するのだが〔米村、二〇一四、三三四頁〕、確かにこの作品では、乳房とは、女性にとって女性性を象徴するものとして機能しており、「彼女」の胸の大きさも強調されている。一方、「彼女」の「ショック」に対して、「彼」は「肩を抱き、髪を優しく撫で」る。さらには「彼は長い五本の指で、彼女の髪を優しく、時間をかけて撫で続け」る〔三一頁〕。聴き取る能力に長け、調律師である「彼」は「彼女」の不安に注意深く耳を傾けるのである。

そうした身体的な接触を通して、「彼女」が受けた「ショック」や、「彼」への誘いの要因となった乳癌への恐怖を緩和する役割が「彼」には割り振られているのであり、実際にそれをうまくこなすのである。「彼女」を癒すには、「彼女」自身が当初想定していた男性との性行為や、そのために「美容院に行ったり、短期間ダイエットしたり、イタリア製の新しい下着を買ったり」〔三一頁〕するというようなステレオタイプ的な発想よりも、髪を優しく撫でるといった身体的な接触から生じる「親密さ」のほうが効果的であるということを「ベテランのゲイ」であるという「彼」が「彼女」に教えているかのような展開である。

その一方で、「彼」のエピソードを聞いた「僕」は自身が経験したジャズにまつわる「不思議な出来事」とも関連づけつつ、次のようにテクストを締めくくる。

ジャズの神様だかゲイの神様だかが——あるいはほかのどんな神様でもかまわないのだけれど——どこかでささやかに、あたかも何かの偶然のようなふりをして、その女性を護ってくれていることを、僕としては心から望んでいる。とてもシンプルに。〔四九頁〕

だが、「ゲイの神様」なるものが存在するとして、果たしてそれは「女性を護」るものなのだろうか。確かにこのテクストの「彼」というゲイ男性には「彼女」を癒す役割が与えられ、それをうまくこなしていた。しかしそのためには、「彼女」が同性愛の存在さえも考えたこともないほどヘテロセクシズムを内面化し、その結果として「彼」のカミングアウトから大きな「ショック」に陥り、かつ、

「彼女」の身体が乳癌の危険にさらされた状態に置かれていることが前提になる。「彼」のカミングアウトがきっかけに仲違いをし、乳癌の手術をひかえている段階で「彼」と和解をする姉にしても同じことがいえるだろう。そうであれば、このような前提のもとで、「ゲイの神様」について気軽に言及する――もっとも、「ゲイの神様」というフレーズそのものを最初に口にしたのは「彼」のほうなのだが――、語り手の「僕」に改めて目を向ける必要がありそうだ。

フレキシブルな「僕」

語り手の「僕」については、「この文章の筆者」を名乗る「村上」という名前の男性の作家で、『ねじまき鳥クロニクル』という作品の作者であり、ジャズ好きで、既婚者であるということぐらいしかわからない。作品の前半には「彼」がいちばん愛好しているフランスの作曲家であるフランシス・プーランク（一八九九～一九六三年）をめぐって、「彼」と「僕」の間に次のようなやり取りがなされている。

「プーランクはゲイでした。そして自分がゲイであることを、世間に隠そうとはしませんでした」と彼はあるとき言った。「当時としてはそれは、なかなかできないことだったんです。彼はまたこんな風に言っています。『私の音楽は、私がホモ・セクシュアルであることを抜きにしては成立しない』と。彼の言わんとするところはよくわかります。つまりプーランクは、自分の音楽に対して誠実であろうとすれば、自分がホモ・セクシュアルであることに対しても、同じように誠実でなくてはならなかったのです。音楽とはそういうものですし、生き方とはそういうものです」

僕もプーランクの音楽は昔から好きだ。［一八―一九頁］

「僕」は、「彼」が述べる音楽や生き方とセクシュアリティの関連性についての話を聞いても、取り乱したり、不快に感じたりする様子はいっさいなく、「僕もプーランクの音楽は昔から好きだ」と余裕をもって応じるような人物として表象されている。「彼女」や「彼」の姉のような女性がヘテロセクシズムを強く内面化した存在として設定されているのとは対照的に、「僕」は「彼」がゲイであることにもフレキシブルに対応し――序章で言及したように、フレキシビリティはネオリベラリズムのもとで重要視される価値観であるわけだが――、偏見も抱いていないような寛容なヘテロセクシュアル男性であることがほのめかされているのである。

ここに、ヘテロセクシズムを内面化した女性を引き立て役にするかのように、寛容でフレキシブルなヘテロセクシュアル男性の「僕」と、口当たりがよく、ホモノーマティヴなゲイ男性の「彼」との男性同士の友好な関係が浮かび上がってくる。とはいえ、このテクストには「彼女」や「彼」の姉以上に露骨にヘテロセクシズムを内面化した「彼」の義兄というキャラクターも存在する。したがって、ヘテロセクシュアル男性のなかでも「僕」が特別な位置を占めるのである。

さらに、「僕」の特別な位置について考えると、「僕」と「彼」がともにネオリベラリズム体制のもとで特権化される、小説家とピアノの腕も確かな調律師というクリエイティヴな男性同士である点にも留意したい。一方で、ゲイ男性にフレキシブルに対応できない「彼女」や「彼」の姉、義兄にはクリエイティヴィティは感じられない。要するに、「偶然の旅人」からは、ホモフォビアはあたかも解消されたかのように、クリエイティヴでホモノーマティヴなゲイ男性と同じくクリエイティヴでフレキシブルなヘテロセクシュアル男性との友好関係が見出せるのである。

しかしながら、包摂と排除という点から考えてみれば、「偶然の旅人」で寛容な「僕」と友好関係を結ぶゲイ男性には、厳しい条件が課されている。というのも、「僕」の寛容性とは、「彼」に付与された、洗練されたイメージがあってはじめて成立するものだからである。そして、「ゲイは伝染性のものではない」ということに立脚しつつ、「彼」が「僕」の性や生のあり方を揺さぶったり、脅かしたりすることがいっさいないということが前提となっている。換言すれば、ゲイ男性である「彼」との間にホモエロティックな欲望が拡散することはなく、「彼」によって「僕」がホモセクシュアル・パニック［★12］にも陥らないということが暗黙の了解になっているのである。セジウィックの言葉を借りれば、このテクストにおける男性同性愛はマイノリティ化の見解に従って表象されているのであり［↓本書二八頁］、そのように明確な境界線を持った、固定されたマイノリティとして「彼」が描かれる結果、ヘテロセクシュアル男性の自明性や中心性は問われることもなく温存されることになるのである。ゲイ男性にもフレキシブルに対応することで、「僕」はいっそう揺るぎないものになるといえよう。

それでは、もしも「彼」が洗練されたイメージを持たず、「良い市民」とはみなされないようなゲイ男性であったならばどうだろうか。たとえば、貧乏であまり消費せず、あるいは反対に過剰なまでに消費活動に猛進するゲイ、つねに性的で乱交をするゲイ、異性愛男性を性的に誘うようなゲイ、異性愛規範に基づいた「家族」の抑圧性や差別性に異議申し立てをするようなゲイ、もっといえば、ユーモアのセンスもなく、いつも感じの悪いゲイであったならば、「僕」のような人物は「彼」とフレキシブルに友好な関係を築くことはできるのだろうか。おそらくは、その可能性は小さいと思われる。「僕」が受容できないゲイ男性は「僕」の目には映っておらず、あらかじめ排除されているかのようである。そうなると、あたかも「僕」の寛容性やフレキシビリティを演出するために、ゲイ男性のホモノーマティヴな表象が持ち出されているようにも感じられる。

ここまで、ドゥガンの提示するホモノーマティヴィティの議論を参考にしながら、「偶然の旅人」を読んできたのだが、「脱政治化」のプロセスや包摂と排除に関わる条件といった問題が明らかになってくる。こうしたゲイ男性の表象が二〇〇五年の、さらには現在（二〇一六年二月）の日本の状況をそのまま示していると即断することはできないが、村上春樹という現代の日本の文学を代表するとみなされる作家の作品のなかでゲイ男性のホモノーマティヴな表象が繰り広げられていること、そして、何よりもその点が俎上にのせられることもあまりないままに流通し、受容されているということは見逃せない。このような意味で、〈いま・ここ〉にある〈性の政治〉の問題性を考える際に、「偶然の旅人」は有益なテクストになると思われるのである。
本章で確認したゲイ男性のホモノーマティヴな表象という論点を念頭に置きつつ、続く第二章では川上弘美の作品におけるゲイ男性の表象のされ方を取り上げよう。

＊村上春樹「偶然の旅人」からの引用は『東京奇譚集』（新潮文庫、二〇〇七年）による。本文中には頁数のみを記した。

注

［★1］　これらの課題は、二〇一六年現在はある程度クリアされたようにも見える。軍隊に関しては、アメリカ合衆国では同性愛者であることを公言して軍務に就くことを禁止した"Don't Ask, Don't Tell"政策が存在したが、二〇一一年九月二〇日に撤廃された。同性婚については、二〇一五年六月二六日に連邦最高裁判所が同性婚を憲法上の権利として認めるという判断を示した。それまでは州によって状況が異なり、一三の州では同性婚は認められていなかったのだが、この判断によってすべての州で同性婚は事実上合法化された。このニュースは日本でも大きく報道された。

［★2］　菊地夏野は、「現在の日本社会において、フェミニズムはどのようなものとして立ち現れているか」という問題について検討する論文のなかで、ドゥガンのホモノーマティヴィティに言及し、「ホモノーマティヴィティは、ポストフェミニズム社会と近いところにあるどころか、おそらくは同じひとつの政治を構成しているのである」と述べる。ポストフェミニズムとは、アンジェラ・マクロビーの定義によると、「一九七〇―八〇年代のフェミニストが勝ち取った成果に対するバックラッシュとは別の、反フェミニスト的感情によって特徴づけられる社会文化的状況」を指すものである［菊地、二〇一五、六八、七二、七七頁］。本書ではポストフェ

ミニズムの議論に踏み込むことはできないが、ポストフェミニズムとホモノーマティヴィティの具体的な関連性に焦点を合わせることは今後の課題になるだろう。

［★3］セジウィックはマイノリティ化の見解と普遍化の見解の矛盾そのものを俎上にのせる必要性を唱えている［セジウィック、一九九九、一二七頁］。なお、拙論（博士論文）「規範化される性愛観念とその変容――日本近代文学における男性同性愛表象」では、マイノリティ化の見解と普遍化の見解の矛盾や二重性を軸に森鷗外や江戸川乱歩の作品を分析した。［http://hermes-ir.lib.hit-u.ac.jp/rs/handle/10086/26814］を参照されたい。

［★4］アウティングとは本人の意思とは別に、性自認や性的指向を他者に暴露することをいう。

［★5］モノガミーとは一夫一婦制や単婚、より広義ではカップル主義のことをいう。

［★6］そうした意味では、『色彩を持たない多崎つくると、彼の巡礼の年』におけるつくると灰田の性行為の描写は重要である。

［★7］サンダー・ギルマンによれば、日本だけではなく、当時のフランスやドイツでもエイズは「アメリカの病」として表象される傾向にあり、ソビエトでは「西側の病、すなわちブルジョアの政府と社会の反映」ととらえられた。一方、アメリカ合衆国ではエイズは「アフリカ」や「ハイチ」と関連づけられて語られる傾向が大きかった［ギルマン、一九九七、四八〇、四八二頁］。つまり、〈ここ〉ではないどこかから、〈ここ〉にもたらされる脅威として表象されていたといえるだろう。

［★8］なお、『同性愛と異性愛』では、この報道の二日前である三月二一日に、『朝日新聞』が「日本にも真正エイズ」という見出しで、血友病患者がエイズですでに死亡していることを報道していたことについて言及がされている。その報道の僅か二日後に、厚生省が「アメリカ在住の日本人男性同性愛者」を「エイズ一号患者」と発表したことに関して、「この背景には、九〇年代に大きな運動となる薬害エイズ問題を隠蔽しようとするなんらかの操作がはたらいていたと推測できるだろう」と述べられている［風間・河口、二〇一〇、一四頁］。

［★9］こうした報道は男性同性愛者には不安をもたらすものであったが、日本社会全体をパニックに陥れたわけではない。新ヶ江章友によれば、日本社会にパニックが生じたのは一九八六年から八七年にかけてのことであり、八六年一一月の「松本エイズ・パニック」では「外国人女性」が、八七年一月の「神戸エイズ・パニック」で

は「売春婦」らしき女性が、二月の「高知エイズ・パニック」では「母」がパニックを引き起こす原因であるかのように語られた。これらは「第一次エイズ・パニック」と称される。また、「国内のＨＩＶ感染者、在日外国人感染者、異性間性交渉でのＨＩＶ感染が急増した」ことを踏まえ、メディアがエイズを多く取り上げた一九九二年のことを「第二次エイズ・パニック」と呼ぶが、ここでも「外国人女性」が危険な存在として表象され、いずれのパニックにおいても表象の中心に置かれたのは女性であった。そうした表象のあり方について、新ヶ江は「日本で男性同性愛が具体的なイメージを伴って報道されたことはなく、それは常に曖昧なまま」であり、「日本のエイズ表象では、女性の表象が濃厚であるが、他方、男性同性愛の表象は希薄であるという特徴がある」と指摘している。新ヶ江はそこに「同性愛に対する日本人の関心の希薄さとタブー意識の根強さ」、すなわち、男性同性愛への強い「忌避感」を見る［新ヶ江、二〇一三、七六―七八、九一頁］。

［★10］たとえば、一九七一年に刊行された日本で最初の商業ベースに乗ったゲイ雑誌である『薔薇族』は、当時、読者にエイズの恐怖を煽る記事を多く掲載していた。新ヶ江はそのことを踏まえ、「男性同性愛者は可視化するのではなく、むしろ自分たちに目が向けられることを避けようとする傾向が見られる」と分析し、「ＨＩＶ／ＡＩＤＳが日本でも社会問題化し始めたこの時期、男性同性愛者がおとなしくて従順であることは、ＨＩＶ／ＡＩＤＳの時代を生き抜くための一つの戦略であった」と述べる［新ヶ江、二〇一三、一〇三―一〇四頁］。

［★11］ちなみに、前章でも触れた松中権の『まずは、ゲイの友だちをつくりなさい』では、「見抜くチカラ」、「すり抜けるチカラ」、「落とすチカラ」などがゲイのもつ「チカラ」として挙げられているのだが、「偶然の旅人」の「彼」の「いろんなとくべつな能力」というのも、松中の記述に従うならば、「ゲイのチカラ」の一つとみなせるものであるかもしれない。特に調律師である「彼」が見せる聴き取る力は「見抜くチカラ」とも重なるものだろう。

［★12］ホモセクシュアル・パニックとは、セジウィックの『男同士の絆』（一九八五年）で鍵となる概念である。大橋洋一の言葉を借りれば、「男性がみずからの同性愛的欲望に目覚めたときの驚愕と恐怖」に他ならず、「このパニックこそ、同性愛と友情が連絡していることの逆説的証明なのである」［大橋、二〇〇三、一九八頁］。異性愛との間に明確な境界線が引かれた、固定されたマイノリティとしてのゲイ男性の表象のされ方はホモセ

クシュアル・パニックを回避するものであるといえよう。もちろん、ホモセクシュアル・パニックは暴力を誘発するものであり、ホモセクシュアル・パニックを避けることが即問題だというわけではない。だが、あくまでもホモセクシュアル・パニックの解消ではなく回避であるため、その結果としてホモフォビアは曖昧なものとなり、隠蔽されると考えられる。本章で「偶然の旅人」を論じる際に問題化したかったのもこの点である。

第2章　癒しと回復の効果

川上弘美〈杏子と修三シリーズ〉

修三ちゃんには、いつも恋の相談に乗ってもらう。間違えてあたしがふたまたかけてしまった時も、どうしても片思いをあきらめきれなかった時も、修三ちゃんはものすごく簡潔な助言をしてくれた。ふたまたの時は、「どっちの片方を選んでもきっと後悔するから、両方やめたらぁ」。片思いの時は、「時間の無駄ぁ」。よその人に言われたらむっとしたかもしれないけれど、修三ちゃんから言われると、なんだか納得してしまう。ねえ、あいたくてあいたくて、居ても立ってもいられない時は、どうしたらいいの。あたしは修三ちゃんに電話してみた。「居ても立ってもいられない状態なんて、一時間ももたないから大丈夫」というのが、修三ちゃんの簡潔な答えだった。あたしはため息をつく。深刻ぶるのってヘボいよ、アン子。だいたい、エリートサラリーマンたらいうもんとの恋愛なんて、アン子には似合わないんじゃないの？　修三ちゃんは電話の向こうで、威勢のいい声を出した。うん。ヘボい。あたし、ヘボいんだよ。あたしもつられてちょっと威勢のいい声を出す。でもまたすぐに、しょぼくれる。

川上弘美「コーヒーメーカー」四〇―四一頁

川上弘美〈杏子と修三シリーズ〉

「ゲイの親友」

現代の日本の文学作品におけるゲイ男性の可視化について、前章では村上春樹の「偶然の旅人」を、ホモノーマティヴィティに関する議論を手がかりに読んできた。本章では改めて、小説に限らず、さまざまなメディアでゲイ男性が可視化される際のステレオタイプ的な表象のパターンについて確認することから始めたい。

一九九〇年代から二〇〇〇年代の合衆国のポップ・カルチャーにおける「クィア的なもの」の可視化について、清水晶子は次のように述べる。

九〇年代中盤以降、「クィア的なもの」は合衆国の主流ポップ・カルチャーにおける可視性を少しずつ獲得していく。商業的な要請に応じた「クィア」がどのようなかたちで可視化されるのか。それを象徴するのが、九八年に放送が開始されて世界的なヒットとなった『セックス・アンド・ザ・シティ』（一九九八―二〇〇四年、ＨＢＯ）と、メイクオーバー番組としてこれも人気の高かった『クィア・アイ（Queer Eye for the Straight Guy）』（二〇〇三―〇七年、Ｂｒａｖｏ）という、ふたつのテレビ番組である。四人のシングル女性の友情と恋愛とを描く『セックス・アンド・

ザ・シティ』は第一シーズンから主人公の「ゲイの親友」を登場させる。「ゲイの親友」は主人公の愚痴の良い聞き役、恋愛の相談役であり、ファッションへの情熱を共有する相手でもある。ここでの「ゲイの親友」は、自分の欲望に忠実に生きる女性のファッショナブルさや「進歩性」を保障するアクセサリーであり、主人公に脅威を与えることも、居心地の悪い思いをさせることもない。異性愛主義への脅威でもその批判者でもなく、むしろ異性愛者にとって安全で役に立つ「クィア」というこの表象は、『クィア・アイ』ではさらにいっそう徹底したものになる。〔…〕その（異性愛者にとっての）真価は、ファッションやインテリア、娯楽などをいかにスタイリッシュに消費し、消費を通じてスタイリッシュになるのか、そのお手本を見せる時にこそ発揮される。合衆国の主流ポップ・カルチャーにおける「クィア」は、何よりもまず、消費文化をもっとも良く体現し、それをもっともたくみに享受する存在なのだ。〔清水、二〇一三b、三二〇—三二一頁〕

清水がまず可視化された「クィア的なもの」の例として挙げるのは、『セックス・アンド・ザ・シティ』に登場するような、「主人公の愚痴の良い聞き役、恋愛の相談役であり、ファッションへの情熱を共有する相手でもある」、女性にとっての「ゲイの親友」である。それはドゥガンのホモノーマティヴィティの議論が示すように、「異性愛主義への脅威でもその批判者でもなく、むしろ異性愛者にとって安全で役に立つ」存在として表象されるものである。「異性愛者にとって安全で役に立つ」という点では「偶然の旅人」のゲイ男性である「彼」に担わされた役割とも重なる。

さらに、こうした役割はメイクオーバー番組の『クィア・アイ』ではより徹底され、ゲイ男性は「消費文化をもっとも良く体現し、それをもっともたくみに享受する存在」として登場する。なお、メイクオーバー番組とは、より幸せな人生を手に入れることを目的とした変身を手助けするもので、ファッション、メイク、家の改造等々が題材とされることが多い。

日本の文脈における女性とゲイ男性の親しい関係の表象については、一九九〇年代初頭の〈ゲイ・ブーム〉が思い出される。ブームの火付け役とみなされる雑誌『クレア』一九九一年二月号の特集「ゲイ・ルネッサンス'91」では、「ゲイって言われる人って、アートに強くて、繊細で、ちょっと意地悪」、「ストレートの退屈な男とでは味わえないフリーな感覚」といったフレーズによってゲイ男性が表象され、そこに収録された「ゲイとの快適生活をめざす女たち」という記事によれば、ゲイ男性が働く女性の「疲れをいやしてくれるパートナー」[下森、一九九一、一〇五頁]の役割を果たすことが期待されている[★1]。

女性にとっての「ゲイの親友」という表象は日本の文学作品にも見られるものである。〈ゲイ・ブーム〉と同時期には、江國香織の『きらきらひかる』(一九九一年)や山田詠美の『トラッシュ』(一九九一年)といった作品がある。二〇〇〇年代以降も、二〇〇二年に第一二六回直木賞を受賞した唯川恵の『肩ごしの恋人』(二〇〇一年)を筆頭に、柳美里の『ルージュ』(二〇〇一年)、次章で取り上げるよしもとばななの『王国』シリーズ(二〇〇二~一〇年)、大島真寿美の『虹色天気雨』(二〇〇六年)、林真理子の『下流の宴』(二〇一〇年)などいくつかの作品が挙げられる。『きらきらひかる』は映画化され、『肩ごしの恋人』、『ルージュ』、『虹色天気雨』、『下流の宴』はドラマ化されており、女性にとっての「ゲイの親友」という表象は日本でもある程度はポピュラリティを獲得したといえるだろう。

「おネエキャラ」

一方、『クィア・アイ』のようなメイクオーバー番組に登場する「おネエキャラ」は、「ゲイの親友」という表象以上に、二〇〇〇年代の日本でポピュラリティを得たと考えられる。二〇〇六年にスタートした『おネエ★MANS』というテレビ番組をはじめ、主流メディアで多くの「おネエキャラ」が活躍することになった。もちろん、「おネエキャラ」のすべてがゲイ男性であるというわけではないし、ゲイ男性のすべてが「おネエキャラ」であるわけではないのだが、ゲイ男性が可視化される際の一つのステレオタイプであるとはいえよう。

「おネエことば」を分析するクレア・マリィは「おネエキャラ」について次のように述べる。

> 「おネエキャラ」は、外見やことば遣いがジェンダー規範を越境しているからこそ、新たな可能性の地平を開く象徴としてライフスタイル・メディアに抜擢される。「おネエキャラ」は、自己管理を促す。化粧品、美容整形、エステ、服、雑貨、食品、ジムの会員になるだけでなく、メディアそのもの(雑誌、メールマガジン、テレビ番組)やことばなどあらゆる消費生活の「お手

本」を示す。化粧の仕方からメールの書き方まで、働く女性のあり方、主婦のあり方、恋愛の方法など、よりよい自分作りへと導く理解者としてライフスタイル全般をアドバイスする。「おネエキャラ」は、現代女性／男性の消費スタイルを視聴者に伝授する。

〔…〕

この消費者を促す過程のなかで、ジェンダー規範を越境する「未来人間」としての「おネエキャラ」の存在は、むしろ古典的なジェンダー規範を強化する逆説へと転化する。〔…〕個人としての自分をたえず作りあげていかなければいけないなか、お手本としてたよりにするものが、じつは、古典的なアイデンティティである。自らの行動、ファッションなどをふりかえりながら、メディアによってうち出される美しい女性／たくましい男性を参考にしたりする。それは古くからある女性／男性像を強化する。〔マリィ、二〇一三、七六、七七頁〕

自身の努力によってジェンダー規範を越境した存在になったとみなされる「おネエキャラ」は、ネオリベラリズムの価値観のもとで重要視される自己管理や自助努力を体現した者に他ならず、消費のエキスパートとして、ライフスタイルのアドバイスをする役割を担うことになるのである。主流メディアでの「おネエキャラ」の活躍とネオリベラリズムが奇妙に合致する点にまずは注意する必要があるだろう。

さらに論点として、マリィが述べているように、「おネエキャラ」自身がジェンダーを越境しているといっても、そのアドバイスが立脚するのは、古典的なジェンダー観、セクシュアリティ観であることが多く、結果的に「古典的なジェンダー規範」を強化してしまうという点が挙げられる。『クィア・アイ』に出演するのは異性愛男性だが、日本のメイクオーバー番組で変身するのは女性が多い。したがって、「おネエキャラ」を通じて、特に女性に対して「古典的なジェンダー規範」が強化されることになるといえよう。

また、「おネエキャラ」の可視化のされ方について、河口和也は『おネエ★MANS』に登場するカリスマとしての「おネエキャラ」のセクシュアリティの表象を取り上げ、次のように分析している。

このようにしてカリスマたちのライフスタイルの提言や情報が商品化されるかげで、かれらのセクシュアリティの側面は徐々に消し去られていく。番組内で、かれらは性にかかわる発言をすることはないし、自らの性的な生活について言及することはほとんどない。もちろんプライムタイムの放送ということもあり、放送の規制的側面などもあるだろうが、基本的にかれらは性的な部分を取り除かれた形で表象されているのである。〔河口、二〇一三、一六二頁〕

「おネエキャラ」のセクシュアリティに関わる側面は不可視化され、ヘテロセクシズムのコードに抵触しないように表象されるというのである。まとめれば、自身は脱性化されつつ、アドバイスする相手には古典的なジェンダー観やセクシュアリティ観を反復するというパターンが主流メディアにおける「おネエキャラ」活躍の要因の一つとして考えられるのである。

もっとも、現在（二〇一六年二月）では「おネエキャラ」はメイクオーバー・メディアの「カリスマ」や「エキスパート」という役割だけではなく、トーク番組やバラエティ番組に幅広く出演している。そこでは「おネエキャラ」の「セクシュアリティの側面」がむしろ強調されることも少なくない。それは視聴者の性の〈あたりまえ〉に挑む効果がないわけではないが、その際には共演者や視聴者のホモフォビアやトランスフォビアを動員しつつ、侮蔑していい見世物やネタとして「おネエキャラ」のセクシュアリティが利用され、消費されているようにも思われる。

ここまで「ゲイの親友」と「おネエキャラ」というゲイ男性の可視化のパターンを確認してきたが、もちろん、両者は別のものではない。女性にとっての「ゲイの親友」であり、かつ、「おネエ」であるキャラクターが登場する場合もある。そこで本章では、そうした表象の一例として川上弘美の小説を読む。

川上弘美と〈杏子と修三シリーズ〉

川上弘美（一九五八年〜）は一九九四年に「神様」でデビューし、一九九六年には「蛇を踏む」で第一一五回芥川賞を受賞した。その後も多くの文学賞を獲得し、二〇〇一年に刊行された『センセイの鞄』はベストセラーになった（同作で第三七回谷崎潤一郎賞を受賞）。前田塁によれば、「実験性」や「幻想性」の強い作風と、「「癒し系」的な作風」をあわせもつことが作家としての川上弘美を特徴づけるということになるのだが［前田、二〇〇八、二二頁］、本章で取り上げる短編集『ざらざら』や『パスタマシーンの幽霊』に収録された作品は、「「癒し系」的な作風」に属すると整理できるだろう。新潮文庫の『ざらざら』と『パスタマシーンの幽霊』の裏表紙の紹介文を見てみると、それぞれ「おかしくも愛おしい恋する時間」や「恋の深み」といったフレーズがあり、〈恋愛小説〉として受容されることが想定されていることもわかる。

なお、川上の同性愛表象に言及した先行研究として、千石英世は『龍宮』（二〇〇二年）に収録された「北斎」（二〇〇〇年）の「私」とかつて蛸であったという男性の関係に男性同性愛を、「蛇を踏む」のサナダヒワ子と蛇の関係に女性同性愛を読み取っている。「男性と女性、いずれであれ、川上弘美において同性愛は誇示されるのではなく、暗示されるにとどまる」［千石、二〇〇四、二四五頁］と千石は指摘するのだが、川上作品では、「誇示」とはいえないまでも、「暗示」というよりは明示的に同性愛を扱ったものもある。

女性同性愛の表象に関していえば、たとえば、『おめでとう』（二〇〇〇年）には、タマヨさんにいまだ覚めない思いを抱く語り手の女性が、結婚したタマヨさんのもとを訪ねる「いまだ覚めず」（一九九七年）という作品が収録されている。また、「ハヅキさんのこと」（一九九九年）では男性との恋愛について語り合う女性同士の関係自体が恋愛と混乱される様子が描かれる。これらの作品のキャラクターは「レズビアン」と自認したり名指されたりすることはないのだが、『ニシノユキヒコの恋と冒険』（二〇〇三年）を構成する連作の一つの「ぶどう」（二〇〇二年）には、語り手の愛という女性の親しい友人として、「レズビアンだ」〔川上、二〇〇六、二一九頁〕というキャラクターも登場し、一人称の語り手となる女性にとっての「ゲイの親友」ならぬ「レズビアンの親友」の役割を果たす。後述するが、『ざらざら』収録作品にも女性同性愛をテーマとしたものが含まれている。

さて、川上弘美は、隔月刊行の女性向け雑誌『クウネル（ku:nel)』（マガジンハウス）に、二〇〇二年の創刊号から、雑誌四頁分の小説を連載していた。ここで、『クウネル』についても確認しておこう。『クウネル』とは、「ストーリーのあるモノと暮らし」を提案するライフスタイル情報誌で、「クウネル」というタイトルが示すように、衣食住のなかでも、〈クウ〉＝食と〈ネル〉＝住に重きを置いた雑誌である。衣＝ファッションが特集される号もあるのだが、そこではむしろ布そのものが注目される傾向もうかがえる〔★2〕。

『クウネル』の方向性については、二〇〇二年四月に『ａｎ・ａｎ』の増刊として出された創刊号の次の一節が示すとおりである。

気持ちのよい毎日のためにしたいこと。
きちんと朝ごはんを食べる。
テレビの星占いはいいことだけ覚えておく。
部屋にあるモノをぴかぴかにして
たまには置き場所を変えてみる。

ときどき空を見上げてぼうっとする。
歌や小説の好きなフレーズを口ずさむ。
お昼はわりとワシワシ食べる。
ベランダの鉢植えの緑が
きのうより濃くなっていることに気づく。
体重はあまり気にしない。
好きな人のいちばんヘンな顔を思い出す。
何かに夢中になって時間を忘れてしまう。
すぐにお茶する。
???がたまってきたら
頭のなかのファイルにとりあえずしまう。
ゆっくり深呼吸する。
家に早く帰れる時は和食を作る。
猫や犬を飼っていれば
そのコの喉元をごろごろさせる。
口のなかでオッハーというつもりでうがいをする。
ラジオ英会話のイントネーションをまねる。

母や友達のせりふにグサッとなる。

本を読みながらうとうとする。

お風呂は少し長めに入る。

きょうという日に感謝しつつグウスカ寝る。［『an・an』増刊『クウネル』第一号、八―九頁］

誌面では「ワシワシ食べる」ことや「グウスカ寝る」ことが重視され、植物や動物とも共存しつつ、「空を見上げてぼうっと」したり、「ゆっくり深呼吸」したりするような時間を大切にしたライフスタイルが提案されるのである［★3］。

本章では『クウネル』に掲載された小説のなかの〈杏子と修三シリーズ〉とみなしうる続きものを取り上げる。具体的には「コーヒーメーカー」（『クウネル』第五号、二〇〇四年一月）、「山羊のいる草原」（『クウネル』第一一号、二〇〇五年一月）、「修三ちゃんの黒豆」（『クウネル』第三〇号、二〇〇八年三月）、「道明寺ふたつ」（『クウネル』第三七号、二〇〇九年五月）、「はにわ」（『クウネル』第四六号、二〇一〇年一一月）、「ルル秋桜」（『クウネル』第七二号、二〇一五年三月）の六編を読むことにする。

「コーヒーメーカー」から「道明寺ふたつ」までの四編では、絵描きで子ども相手の絵画教室を開いている杏子《あんこ》という女性が一人称の語り手「あたし」となり、中林という男性との恋愛を軸に物語が展開する［★4］。杏子は中林との別れ、復活、再度の別れを経験するのだが、その過程で、中林との恋愛の相談相手として、杏子の「美大時代からの親友」［「道明寺ふたつ」二一三頁］である修三というゲイが登場するのである。

癒しと回復の効果

修三の「おネエことば」

修三のことをゲイといったが、「コーヒーメーカー」の次の一節のように、シリーズの前半では修三は「おかま」と呼ばれる。

どうしてこんなに中林さんのことが好きなのか、あたしにはわからない。恋なんて、わからないものよ、アン子。修三ちゃんはそんなふうに言う。修三ちゃんは、絵描き仲間で、おかまだ。「わたしのことは、きちんとおかまって呼んで。曖昧な言いかた、しないでね」と修三ちゃんは言う。それは一種の照れかくしなんじゃないかと、あたしはひそかに思っているけれど、むろん修三ちゃんに面と向かってそんなことを聞いたりはしない。［四〇頁］

この一節では修三自身が「おかま」と呼ばれることを求めていると語られる。ここで確認すれば、三橋順子が指摘するように、「おかま」とは本来、「男性と性愛行為をおこなう男性」を指すもので、「女装した男性、あるいは女性的な男性同性愛者に拡大使用される」ようになった言葉である。二〇〇一年の「おかま」という言葉の差別性をめぐる論争［★5］が示すように、「おかま」の意味や用法は広いものではあるが、『日本俗語大辞典』の「女性のようなしぐさやことば遣いをする男性を卑しんで言うことば」という定義を引用しつつ、三橋は「おかま」が「蔑称であること」に改めて目を向けている［三橋、二〇〇四、一一一頁］。そうなると、修三は「おかま」という蔑称をあえて引き受けつつ、「女性のようなしぐさやことば遣い」を意識的に自らにまとい、いうなれば「おかま」というスタイルで振る舞うキャラクターであると考えられる。

なお、三作目の「修三ちゃんの黒豆」では、修三が「おかま」という呼称を選ぶ背景には、「ゲイって、かっこよすぎるじゃない？」という思いがあり、杏子は「おかまっていう呼びかたは、あたしはあんまりしたくないのだけれど」という留保をつけ、「おかま」という言葉の差別性への自覚を感じさせつつも、修三の意思に従い、修三のことを「おかま」と呼んでいることが読者に告げられることになる［一一六頁］。

〈杏子と修三シリーズ〉で修三の「おかま」としての側面がもっとも明確に具現化されるのは、「おネエことば」であるといえよう［★6］。再びマリィの『「おネエことば」論』を参照すると、マリィは、「おネエことば」は男性が用いる「女ことば」であるという見解に異議を唱え、「ゲイバー文化における「おネエ」の会話は、「演出的」で「無責任で偽悪的な女」」であるという伏見憲明の指摘をも踏まえつつ、「「女ことば」では許されない、下品で鋭いウィット」を「おネエことば」の特徴とみなし、「おネエことば」を「女ことば」の真似ではなくパロディであると位置づける［マリィ、二〇一三、一四一一五頁]。

また、小説のなかでも「おネエことば」の特徴に光を当てたものがある。吉田修一の「最後の息子」(一九九七年)では閻魔ちゃんという「オカマ」の言葉遣いの特徴として、「どんなに刺のある言葉でも、痛みを与えずに肌に突き刺さるような言葉。流れた涙の意味ではなく、その滑稽なしょっぱさを強調するようなリズム」が挙げられる。小説のなかでは「女言葉」と称されているのだが、この一節は「おネエことば」の機能を的確に示していると思われる[吉田、二〇〇二、五九頁]。

〈杏子と修三シリーズ〉に戻ろう。「コーヒーメーカー」では杏子と修三のやり取りが次のように語られている。

修三ちゃんには、いつも恋の相談に乗ってもらう。間違えてあたしがふたまたかけてしまった時も、どうしても片思いをあきらめきれなかった時も、修三ちゃんはものすごく簡潔な助言をしてくれた。ふたまたの時は、「どっちの片方を選んでもきっと後悔するから、両方やめたらぁ」。片思いの時は、「時間の無駄ぁ」。よその人に言われたらむっとしたかもしれないけれど、修三ちゃんから言われると、なんだか納得してしまう。ねえ、あいたくてあいたくて、居ても立ってもいられない時は、どうしたらいいの。あたしは修三ちゃんに電話してみた。「居ても立ってもいられない状態なんて、一時間ももたないから大丈夫」というのが、修三ちゃんの簡潔な答えだった。あたしはため息をつく。深刻ぶるのってヘボいよ、アン子。だいたい、エリートサラリーマンたらいうもんとの恋愛なんて、アン子には似合わないんじゃないの？　修三ちゃんは電話の向こうで、威勢のいい声を出した。うん。ヘボい。あたし、ヘボいんだよ。あたしもつられてちょっと威勢のいい声を出す。でもまたすぐに、しょぼくれる。〔四〇―四一頁〕

引用した一節では「やめたらぁ」、「無駄ぁ」といった語尾における小さい「ぁ」の使用が見られる。本来話し言葉である「おネエことば」の書き言葉としての表記の試みであるだろう。杏子は「よその人に言われたらむっとしたかもしれない」ことでも、修三のアドバイスには「なんだか納得してしまう」というのだが、そこには修三が用いる「おネエことば」の効果があるように思われる。すなわち、「最後の息子」で「どんなに刺のある言葉でも、痛みを与えずに肌に突き刺さるような言葉」と述べられていたような、はっきり言うことで「助言」としての「簡潔」さを維持しながらも、語尾の柔らかさで相手をつきはなしたり、傷つけたりすることはないという効果である。

なお、「コーヒーメーカー」では修三本人が出てくることはなく、杏子の回想や電話の声でのみ登場することになる。ここからも修三の声＝「おネエことば」の役割に期待が寄せられていることが推察される。

「人生の達人」

このように、杏子は修三に「いつも恋の相談に乗ってもら」うわけだが、二人のやり取りや交流についてもう少し具体的に見てみよう。

「山羊のいる草原」で杏子は中林に振られ、「修三ちゃんの黒豆」で中林から連絡が来たことで復活し、「道明寺ふたつ」では杏子の側から別れを切り出すという展開になるのだが、最初の別れの後、「山羊のいる草原」には次のような一節がある。

「あんたみたいな女が男を駄目にするのよね、自業自得ってこと、結局」と言った。
あたしはうなだれたけれど、もう回復期に入っているので、なまじ優しげな言葉をかけられるよりも、こういう言葉のほうが助かるのだ。修三ちゃんて、やっぱり人生の達人だ。〔八〇頁〕

「よね」という「おネエことば」のニュアンスを保ちつつ、内容の面ではあえて「なまじ優しげな言葉」を使わない修三を、杏子は「人生の達人」とみなしている。杏子にとってはそうした言葉のほうが、回復するのには「助かる」というのである。

「山羊のいる草原」では、「恋は冷めるものなんだよ、杏子ちゃん」〔七八頁〕と中林に手ひどく振られ、落ち込んだ杏子が「回復期」にさしかかり、修三の部屋を訪ねる。二人のやり取りについて、次のような一節がある。

「でももう回復期に入ったのよね」修三ちゃんが針を布から抜きながら言った。修三ちゃんは、このところアップリケに凝っているのだそうだ。

［…］

「テーブルクロスかなにかにするの、それ」と聞いたら、修三ちゃんは首を横に振った。

「じゃ、何にするの」

何にもしない。ただの布のままにしといて、気が向いたら見たり触ったりして楽しむの。修三ちゃんはゆったりと優しく答えた。

修三ちゃん、とあたしは思わず言った。なんだかわけもなくぐっときて、瞬間修三ちゃんに抱きつきたくなったけれど、そんなことをしたら後々までイヤミを言われ続けるにちがいないので、こらえた。［七九―八〇頁］

二人はアップリケを作ることになる。しかもそれは何かを目的とするための布ではなく、「ただの布のまま」で、「見たり触ったりして楽しむ」ものだという。そして、そのように語る修三の口調は、「恋の相談」のアドバイスをする際の「簡潔」さとは対照的に「ゆったりと優し」いものである。修三のこうした言動や修三との共同作業が杏子を癒し、中林に振られ、落ち込んだ杏子の回復の助けとなるのである。タイトルの「山羊のいる草原」がアップリケされた布は、最終的には誕生日プレゼントとして杏子に贈られることになる。

ちなみに、この回の『クウネル』の特集は「ミシンで、だだだ。」で、修三とともに「おもむろにだーっと縫ってゆく」〔八一頁〕杏子のアップリケ作りとも重なる。『クウネル』が描き出すゆるやかなライフスタイルと修三の振る舞いは合致し、作中には雑誌の特集と対応したアイテムがしばしば登場する。その結果、テレビのメイクオーバー番組ほど露骨なやり方ではないとしても、修三というキャラクターも掲載誌『クウネル』が提案する消費へと読者を後押しする役割を果たすといえよう。

杏子への修三の効果をたどろう。「山羊のいる草原」で、修三は「鶏のから揚げとサンドイッチ」などの杏子の「好きなもの」を作り、「まったく嗜好が子供なんだから」と言いつつ、杏子とともに食べる〔八二頁〕。また、「修三ちゃんの黒豆」では、中林との関係が再開した後、またしても中林との恋に悩む杏子に修三が次のように料理を振る舞う場面がある。

> 修三ちゃんは、夕飯を作ってくれた。いつもならばあたしがあんまり好きじゃない、だけど修三ちゃんは大好きな、タイ式カレー（辛いものは、あたしは苦手）とか、塩豚のナンプラーソース（くさいものは、あたしは苦手）とか、そういうものばっかりわざと作るのだけれど、その日の献立はホワイトシチューと鮭のおむすびだった。
> 「アン子向けのお子さまメニューね」
> 言いながら、修三ちゃんも、たくさん食べていた。〔一二二頁〕

このような食事の場面で特徴的なのは、「辛いもの」や「くさいもの」を好む修三の大人向けの嗜好とは対照的に、杏子の食べ物の好みが「お子さまメニュー」であることが強調される点である。杏子は修三とともにそれらを食べることでも癒される。

もっとも、「コーヒーメーカー」には杏子が中林と会えないことから気を紛らせるために、「鰺の南蛮漬けと、しいたけ昆布と、塩漬け豚をつくった」〔四二頁〕という一節もあり、杏子が必ずしも「お子さまメニュー」ばかりを作る／好むわけではないこともうかがえる。修三との関係性において、杏子が「お子さま」のポジションに置かれると考えたほうがいいようである。それは修三の台詞における「アン子」という表記の仕方からも類推できる。

〈杏子と修三シリーズ〉のなかでも、杏子が中林に振られる「山羊のいる草原」では、修三による癒しと回復の効果は際立つ。次のように、杏子は失恋の「リハビリ」を完了する。

「スープがあるから温めて飲みなさい」というメモが食卓の上にあった。修三ちゃんて、いい奴だ。しんから思いながら、あたしはガスに点火した。温まって次第に透き通りはじめた鍋のスープの表面をぼんやりと見ながら、あたしは自分がもう中林さんをぜんぜん思っていないことに気づいた。

リハビリ、終わったんだ。

〔…〕

あたしはスープをたっぷりとスプーンにすくって、そろそろと口にはこんだ。スープは熱くて、少しだけ泣けた。そのままあたしは我慢せずに、泣きつづけた。ふられてから初めて流す、自分のための涙だった。ようやく、泣くことができたのだった。ほんとにリハビリは終わったんだなあ。あたしは思った。〔八三、八四―八五頁〕

ここでも修三が作ったスープを飲むことを通して、最後に杏子が「自分のための涙」を流したことが印象的に語られている。要するに、修三の癒しと回復の効果とは杏子に自分自身を取り戻させることであったということが読み取れるのである。

杏子の〈成長〉

二作目の「山羊のいる草原」は杏子と中林が別れるところで終わっている。だが、三作目の「修三ちゃんの黒豆」では二人のつき合いが再開し、四作目の「道明寺ふたつ」では杏子と中林の結婚の話も進むことになる。しかし「おうちとおうちの格式」〔一二七頁〕の釣り合わなさなど、杏子は「エリートサラリーマン」である中林との関係にどこか違和感を抱き、そこでも修三に「恋の相談」をするのだが、今回は別れを自発的に選択し、杏子から中林に別れを切り出すことになる。

その後、三ヵ月間、杏子は落ち込み、そこからの回復の過程で修三と再び交流する。二人の交流の様子は、次のように語られる。

桜が咲いて、新しいイラストの仕事の注文がきて、お絵描き教室にも新しい生徒が入ってきて、ようやくあたしは人間の正しいかたちを取り戻したのだった。

「人間のかたち」

修三ちゃんは笑った。

［…］

今日は、修三ちゃんにお昼をごちそうするのだ。

「アン子のくせに、いやにしゃれた盛りつけじゃない」

たけのことぜんまいをふっくらと煮つけて鉢に盛ったものを見て、修三ちゃんは言った。

［…］

「アン子、立派だった。大人になったよ、ほんとに」

胸がきゅっとした。泣きたくは、ならなかった。泣く時よりも、もっと、痛い感じだった。

道明寺を、もう一つずつあたしたちは食べた。お茶も、もう一杯ずつ淹れた。

あたしはもう、和子先生の淹れかたを思い出さなかった。

はまぐりずしの作りかた、教えてよね。修三ちゃんが言っている。元手がかかってるから、講師代は高いよー。あたしは答える。何よ、アン子のくせになまいき。修三ちゃんが言い返す。

［二二一、二二三頁］

杏子は中林との結婚に備えて通っていた、杏子には不似合いな和子先生の料理教室で学んだ料理を、中林にではなく修三に振る舞い、お茶を入れ、修三のお土産の道明寺の桜餅を食べる。ここでは杏子は自分の判断で中林との関係を終わらせ、「人間の正しいかたちを取り戻し」、修三に「大人になったよ」と誉められるのである。つまり、杏子の〈成長〉が語られることになるのだが、それは修三との関係では「お子さまメニュー」を好んでいたはずの杏子が「たけのことぜんまいをふっくらと煮つけて鉢に盛ったもの」といったいかにも大人向けの料理を修三に対して振る舞うということにも表れている。なお、この回の『クウネル』の特集は「おっ、いい器。」で、杏子の〈成長〉を特徴づける料理の「いやにしゃれた盛りつけ」とも対応している。

このように、「美大時代からの親友」である修三は杏子の愚痴を聞き、「恋の相談」に的確に応える役割を果たしている。それは本章の冒頭で引用した、清水が述べるところの「主人公の愚痴の良い聞き役、恋愛の相談役」である「ゲイの親友」に他ならない（シリーズ前半では修三は「ゲイ」ではなく、「おかま」という呼び方を求めているのだが）。ただし、本章でも後で触れるが、修三自身はファッションへの「強いこだわり」があることが「はにわ」という作品からはうかがえるものの、杏子との関係では「ファッションへの情熱を共有する相手」という役割は小さい。この点も掲載誌の『クウネル』の特徴と合致している。

また、修三との関係において杏子が「お子さま」のポジションに置かれることが端的に示すように、修三は「人生の達人」としてつねに杏子の優位に立っており、「親友」というよりは、メイクオーバー番組におけるエキスパートに近く、導く男性と導かれる女性という役割分担は明確である。しかも、女性の相談相手も多数登場する『セックス・アンド・ザ・シティ』などとは異なり、杏子の相談相手は修三だけであるため、修三の位置はより絶対的なものになる。

さらに、杏子の「恋の相談」に乗りながらも、修三自身のセクシュアリティについてはほとんど触れられることはない。テレビ番組における「おネエキャラ」の表象のされ方に関して、河口和也は「かれらのセクシュアリティの側面は徐々に消し去られていく」と指摘していたわけだが、そうした脱性化の問題は修三の表象にも当てはまるものなのである。

ここまでたどってきたように、修三のアドバイスの内容や振る舞い方を見ると、杏子にとっての修三が「異性愛主義への脅威でもその批判者でもなく、むしろ異性愛者にとって安全で役に立つ」［清水、二〇一三b、三一〇―三一一頁］相談相手ということは明白である。確かに杏子は中林との結婚には至らなかったのだが、それは中林が杏子にとってふさわしい相手ではなかったということで、修三はあくまでも杏子と男性との「だめな恋」［『修三ちゃんの黒豆』一一六頁］をサポートする存在として機能することが期待されているのである。「おネエことば」を操る修三は、第一章で考察した村上春樹の「偶然の旅人」の調律師の「彼」とは一見異なった人物として描かれているように見えるのだが、異性愛規範に基づいた前提や制度を支えるホモノーマティヴなゲイ男性の表象という側面では「偶然の旅人」の「彼」と重なるといえるだろう［→本書二四―二五頁］。

女性同士の関係とヘテロセクシズム

杏子と修三の関係における論点でもあったのだが、ヘテロセクシズムから離れていくようなキャラクターやテーマが持ち出されつつも、結果的にはヘテロセクシズムが維持されるという問題に関して、〈杏子と修三シリーズ〉以外の『クウネル』掲載作品にも目を向けて考えたい。

「コーヒーメーカー」と「山羊のいる草原」が収録された単行本『ざらざら』についての広告文には、次のような一節がある。


熱愛・不倫・失恋・男嫌い、そして、くされ縁・友愛・レズビアン、さまざまな女性たちの心のゆらめきを独特のタッチで描いた23篇。

おなじみ、アン子とおかまの修三ちゃんが登場する
「コーヒーメーカー」「山羊のいる草原」の二篇も収録。

愛しい風が吹き抜ける珠玉の短篇小説集。

「クウネル」の人気連載、第一弾。〔単行本『パスタマシーンの幽霊』に掲載〕

『ざらざら』収録作品のなかでも「おなじみ、アン子とおかまの修三ちゃん」という表記から〈杏子

と修三シリーズ〉に脚光が浴びせられていることがわかる広告文でもあるのだが、「さまざまな女性たちの心のゆらめき」の例として列挙されているいくつかのワードのなかには、「男嫌い」や「レズビアン」といったヘテロセクシズムからの離脱が期待できるものもある。実際の作品ではどうだろうか。

「男嫌い」をテーマにした作品としては、『クウネル』第一五号（二〇〇五年九月）に掲載された「笹の葉さらさら」が挙げられる。「女癖」が悪い父親に反発し、男性に不信感を募らせている由真は「「将来」の中に、男の影は、いっさいない。男は、当てにならないもの。結婚とか家庭なんて、すぐに壊れるもの。それが、あたしの「将来」の前提だ」という〔川上、二〇一一b、一四七頁〕。由真は伯母の協子が開くスナックでアルバイトをしているのだが、協子が「子供ができないというので三年で離縁された」ことを聞き、「男の論理」とそれにのっかって「安逸をむさぼってきた類の女たち」に反感を抱く〔川上、二〇一一b、一四八、一四九頁〕。

そのように男性と親密な関係を持たない生き方を貫こうとしていた由真であったが、大学のクラスメイトの種田という男性と交際することになる。だが、三度目の性行為の後、「何の気なしに「男なんてね」と、つぶやいてしまった」ことをきっかけに、由真と種田は別れることになる〔川上、二〇一一b、一五五頁〕。そして、「種田くんを、「男」っていう、よくわからない集合に乱雑に含めちゃって。種田くんは種田くんだった。男は信じられないけど、種田くんは、信じられたかもしれないのにね」と由真は後悔する〔川上、二〇一一b、一五七―一五八頁〕。換言すれば、「男の論理」を支えるミソジニーやヘテロセクシズムといった〈政治的〉な問題が語られつつも、最後には「種田くん」という〈個人〉の問題に収束してしまうのである。〈政治的〉な問題を俎上にのせる契機がありながらも、結局は〈脱政治化〉され、〈個人〉の問題へとすり替えられるのは、「偶然の旅人」の「彼」と義兄のくだりと共通する展開といえよう〔→本書四四—四六頁〕。

一方で、「レズビアン」に関連すると思われる作品もいくつか挙げられる。「草色の便箋、草色の封筒」(『クウネル』第一七号、二〇〇六年一月)や「卒業」(『クウネル』第二〇号、二〇〇六年七月)でも語り手である一人称の女性がほかの女性に不意に親密な感情を抱く瞬間が描かれている。

また、「ときどき、きらいで」(『クウネル』第九号、二〇〇四年九月)では、「ほとんど姉妹のようにして育った」〔川上、二〇一一a、六八頁〕女性二人が「はだかエプロン」をし、「えりちゃんがデザートのアイスクリームを胸にこぼしてしまって、わたしが舌でなめとってあげた」ことが、その夜の盛り上がりとして言及されている。女性同士のエロティック/ポルノグラフィックな場面であるのだが、「エプロンをはずしてパジャマに着がえたら、あたたかくて気持ちよかった」と続き、二人の日常には大きな変化を及ぼさないひと時の戯れとして回収されることになる〔川上、二〇一一a、七五頁〕。

さらに、『クウネル』第一六号(二〇〇五年一一月)に掲載された「桃サンド」では、星江がアルバイト先で知り合った、ちかという「お料理がほんとに上手」〔川上、二〇一一c、一五九頁〕な女性のもとに入りびたり、「同棲状態」〔川上、二〇一一c、一六四頁〕になるのだが、星江はちかへの思いを次のように語る。

ちかちゃんを、あたしは、好きになってしまっていた。

友人としても、むろん好きだけれど、もっと深いもの。恋だな、と、ある日あたしは気づいた。女の子を好きになるなんて、思ってもみなかった。今までつきあったのは、全員男の子だったし。

「これって、恋愛なのかな、ほんとに」ときどき、あたしはちかちゃんの部屋で、ちかちゃんのベッドに横になって、ちかちゃんの匂いのする枕に頭をしずませながら、ひとりごとを言う。

もしかしたら、恋愛じゃないのかもしれない。ただの、深い友情の、一変形、に過ぎないのかも。たとえあたしがしょっちゅう「ちかちゃんとキスしてみたい」だの「おっぱいをさわったりして、ちかちゃんのエッチな声を聞いてみたい」なんて思うにしても。

「あたし、ちかちゃんのこと、好きなの」と、一回くらいは告げてみたい気もした。でも、できなかった。だって、あたしには勇気がなかったから。［川上、二〇一一c、一六三頁］

これまで男性に恋愛感情を抱いていた星江はちかへの思いやエロティックな関心が「恋愛」なのか「深い友情の、一変形」なのか戸惑う。だが、ちかに「好き」とは「きっと一生言わないと思う」という。「ちかちゃんの作るインドカレーや、肉饅頭や、手打ちのきしめんや、ローストポークを、あたしの告白のせいでこの先一生食べられなくなったら、たまらないもの」と述べられるのだが［川上、二〇一一c、一六四頁］、その言葉の背後には、ちかへの「告白」が二人の関係の破綻を招くという考え方がある。

しかしながら、星江の考えとは別に、二人の「同棲状態」には終わりがくる。ちかに「恋人」ができたためである。「最後の日」に、星江は「ほどよくふわふわになった食パンに、バターだのジャムだのはいっさいぬらないで、ただきりとった桃をのせる」というだけの「桃サンド」を作り、「たっぷりとおつゆを含んだ果肉」を乗せた「桃サンド」をちかに渡す。「おつゆはできるだけこぼさないようにねっ」という星江の発言から読み取れるように、言葉にできない思いをあたかも星江は食べ物＝桃サンドに託すかのようである。そして、ちかの部屋を出て行き、以降は「ごくふつうの、ほどよい距離感」を保つようになる。料理上手の相手に最後に料理を振る舞うという展開は〈杏子と修三シリーズ〉にも重なるのだが、「ごくふつうの、ほどよい距離感」といった場合の「ふつう」とは何かということが問いなおされる気配はなく、星江のちかへの思いは最終的には「ただの自己満足」として片づけられることになるのである〔川上、二〇一一c、一六六—一六九頁〕〔★7〕。

このように、『ざらざら』収録作品では、一人称の語り手で登場人物である女性が不意にほかの女性に「好き」という感情やエロティックな関心を抱いたとしても、そのキャラクターが「レズビアン」と名乗る／呼ばれることはなく、その関係性はやがては終わるものとして表象される傾向にある。その点で、「おかま」や「ゲイ」と名乗る／呼ばれる修三とは対照的である。村上春樹の作品とも共通するのだが、セジウィックの用語を借りれば、女性同性愛表象は普遍化の見解、男性同性愛表象はマイノリティ化の見解に基づいていると整理できる〔↓本書二八—二九頁〕。もちろん、このような展開を「レズビアン」に限らない、不意に到来する、女性同士の親密な感情や関係性の表現の試みとして肯定的に評価することもできるだろう。だが同時に、あくまでもその関係性が終わることが前提になっているという点では、ヘテロセクシズムを維持する側面があることも否めない。

「「ゲイ」というはっきりとした形」へ

「ゲイ」としての修三

再び、〈杏子と修三シリーズ〉に戻ろう。ここまで修三の役割に注目してきたが、修三の表象のされ方には回を重ねるごとに変化が見られる。「修三ちゃんの黒豆」には次のような一節がある。

群馬県の高崎市には、修三ちゃんの実家がある。修三ちゃんは地元の名門男子高校を卒業してから、一浪してあたしと同じ美術大学に入った。自分がゲイだということに気づいたのは、大学に入った次の年だったそうだ。今まで三人の男のひとと修三ちゃんは住んだけれど、今はフリーだ。勤め先は、大手の広告代理店。

「けっこうこれで、やり手なの」

前に修三ちゃんは言っていた。ほんとうにそうなんだろうと思う。だって修三ちゃんて、とても頼りになるのだもの。

修三ちゃんの家は、母一人子一人だ。ゲイであることは、すでにお母さんには打ち明けてある。

ゲイであることを知ってから半年くらいの間、お母さんはものすごくにこにこして、修三ちゃんを過剰にいたわったのだという。

「でもその後、急につっけんどんになっちゃったの」

修三ちゃんはいつか教えてくれた。

「息子のこと全面肯定しなきゃって必死だったのね、半年間は」［一一九―一二〇頁］

このように、修三のアイデンティティに関わること、性的指向の気づきや修三自身の恋愛遍歴、親との関係などに触れられる際には、「おかま」ではなく、この段階での「ゲイって、かっこよすぎるじゃない？」という修三の意思にも背いて、「ゲイ」という言葉が使われている。そして、次の「道明寺ふたつ」になると、「最近修三ちゃんは、「おかま」と自分を呼ぶように強要しなく」なり、杏子も修三のことを「心根のきれいな、口の悪い、生粋のゲイ」と称する［二一三頁］。それ以降の「はにわ」や「ルル秋桜」では「おかま」という言葉は用いられず、修三は一貫して「ゲイ」と呼ばれるようになる［★8］。

また同時に修三がどのような人物として設定されているのかも徐々に明かされることになる。一作目の「コーヒーメーカー」では修三は杏子の「絵描き仲間」の「おかま」とだけ紹介され、杏子と同じような生活を営んでいるかのような印象を与えていた。だが、二作目の「山羊のいる草原」では杏子とは異なり、会社勤めであることが示され、三作目の「修三ちゃんの黒豆」になると、引用した一節にあるように、勤務先が「大手の広告代理店」であると語られる。「コーヒーメーカー」の段階では、修三は杏子と「エリートサラリーマンたらいうもん」の中林は「似合わない」と述べていたのだが、修三自身も「エリートサラリーマン」の中林とは実はそれほど違ってはいない立場にいることがうかがえるのである。

なお、現段階ではそれほど活躍はしていないようだが「絵描き」である杏子にしても、美大出身で絵も描き、ミシンを駆使したアップリケ作りも巧みな修三にしても、ネオリベラリズムと相性の良いクリエイティヴなキャラクターでもある。

「はっきりとした」ゲイの表象

続いて、〈杏子と修三シリーズ〉の番外編的な作品である「はにわ」にも目を向けたい。「修三ちゃんはお母さんをとても大切にしている」［八一頁］という伏線にもなる一節はすでに「山羊のいる草原」にもあったのだが、この作品では、修三の母親が「私」という語り手となる。

修三の母は生まれ育った「みんなが、みんなの家のことを、ことこまかに知っている土地」、「みんながしっかりと、先祖のお墓を守る土地」に「まがりなりにもなじんでいる」という［五六頁］。いうなれば、彼女は保守的な土地に生き、そこで〈あたりまえ〉とされる「家族」のあり方やジェンダー観にもそれほど違和感を抱いていない人物として設定されているのである。

「はにわ」の冒頭では、そうした彼女とカミングアウトをした修三との関係が次のように語られる。

ゲイになるかどうかは、生まれつき決まっていることなので、育ちかたや環境とは、まったく関係ないのです。

という説があることは、よく知っている。

ゲイのひとたちを、わけへだてする気持ちも、ぜんぜんないつもりだ。

男と女、というヘテロの関係が最上のものだとも、思っていない。

カミングアウトした息子――就職してしばらくたってからようやく、息子の修三は自分がゲイであると、私に打ち明けたのだ。さぞ勇気がいったことだろう。私がおろおろすることがわかっていただろうから。そして、修三は親思いの息子だから――のことは、カミングアウトした後だって、前と変わらず同じように、いとおしい。

それじゃあ、ゲイだってかまわないじゃない。

何回、自分に言い聞かせたことだろう。

そう。かまわないのだ。修三にはちゃんと恋人もいるようだし。無理に女のひととつきあって結婚するより、その恋人といる方がずっと幸福なのだろうし。

でも、それでも私は後悔してしまうのだ。

私の中の何かが、育てかたのどこかが、修三がゲイになる原因を作ったんじゃないか、って。

［五四頁］

修三の母は修三が「ゲイだってかまわない」と納得しようとするができず、修三がゲイであることが生まれか育ちかといったことに思い悩み、「私の中の何かが、育てかたのどこかが、修三がゲイになる原因を作ったんじゃないか」という後悔の念を抱いている。もちろん、「ゲイになる原因」を追究する発想自体が、異性愛を自明視するヘテロセクシズムに絡め取られたものであることはいうまでもない。また、「カミングアウト」や「ヘテロの関係」という表現からは、彼女がセクシュアリティに関する議論を学んだ設定にあることも推察できるのだが、その知識がかえって混乱を招き、「ヘテロの関係が最上のものだとも、思っていない」といいつつも、実際には受け止め切れずにいることが読み取れる。

「はにわ」が掲載された『クウネル』第四六号（二〇一〇年一一月）の特集は「おしゃれについて。」であるのだが、かつておしゃれに「強いこだわり」［六〇頁］を持ち、裁縫や刺繍や編み物も上手な子どもであった修三に対して、「よその男の子とはどうも違うようだ」［六一頁］という漠然とした不安を抱えていた母は、修三のカミングアウトに「むしろ、ほっとした」［六二頁］という。そして、次のように述べる。

しばらくは、じたばたしたけれど、やがて私は修三がゲイであることを受け入れた。不安は、名づけがなされていないと、とめどなくふくらむ。でも、私の不安には、「ゲイ」というはっきりとした形が与えられた。［六二頁］

彼女は「修三がゲイである」という一つの「はっきりとした」答えを得ることになるのだが、そのことを「受け入れた」といいながらも、ここでも実際には受け入れられず、上京し、修三と食事をする際にも、どこかに「ぎこちなさ」［六二頁］が残ってしまう。先ほど引用した一節にあるように、修三は「［男性の――引用者補足］恋人といる方がずっと幸福なのだろうし」とわかっていながらも、「修三の、友だち及び恋人及びあれこれの関係のひとたち。私にはぜんぜん想像できなかったし、想像してみたくもなかった」［六三頁］と不意に拒否反応に襲われもする。要するに、彼女は依然として息子である「修三がゲイであること」に関して「じたばた」しているのである。

そうした母親の「じたばた」を察知した修三は、中林と思しき男性との恋愛に「じたばた」する杏子の話題を出すことで、彼女との「ぎこちなさ」を解消しようとする。カミングアウトしたゲイ男性が、あたかもカミングアウトした側の過失であるかのように、彼が「ゲイであること」を受け入れがたい状態にある「家族」を気づかい、関係の修復へと向かうという展開は「偶然の旅人」とも重なる。修三の母が「生まれ育ったこの土地に、まがりなりにもなじんでいる」と述べた直後には「修三は、どうだったのだろう」［五六頁］という一節が続き、保守的な土地柄やそこで営まれる「家族」が持つ抑圧性についてもほのめかされてはいるのだが、テクストではあくまでも母と息子である修三との〈個人的〉な関係のほうに重きが置かれることになるのである。

しかも、そこでゲイ男性が向き合い、寄り添うのが「家族」のなかでも女性だという点――「偶然の旅人」では「彼」の姉、「はにわ」では修三の母――でも「偶然の旅人」と共通性がある。姉や母親を相手としていても、「偶然の旅人」の調律師の「彼」も「はにわ」の修三も、あたかも女性を癒し、回復へと導く「ゲイの親友」の役割を果たすかのように、女性たちの不安に注意深く耳を傾け、彼女たちの「じたばた」を感知することになる。

「はにわ」以降、久しく『クウネル』掲載作品に杏子や修三が登場することはなかったが、『クウネル』第七二号（二〇一五年三月）の「ルル秋桜」という作品に杏子が登場する。

この作品では小学四年生のひとみが「あたし」という一人称の語り手になる。ひとみは杏子の絵画教室の数少ない生徒の一人で、意地悪ばかりする姉のつばさのことを思い悩んでいるという設定であり、そのことについて杏子と次のようなやり取りが行なわれる。

「でも、どうしてつばさはあたしに意地悪するんだろう」

「そういう生まれつきの人なのよ」

杏子ちゃんは、おごそかに答えた。あたしは感心した。

「生まれつきの人、って、いい言葉だね。どうして杏子ちゃんは、そういうことがよくわかるの？」

「ううん、あたしもそういうことには、うといの。でも、修三ちゃんていうゲイの友だちが助言してくれるのよ」

ゲイ。はじめて聞く言葉だ。

「自分と同じ性別の人しか好きになれない生まれつきの人のことをいうのよ」
あたしはさっきより、もっと感心した。生まれつきの人って、ほんとうにいい言葉だ。［一一八頁］

意地悪なつばさのことを、杏子は「そういう生まれつきの人なのよ」というのだが、その「生まれつき」の例として引合いに出されるのが「修三ちゃんていうゲイの友だち」なのである。小学生であるひとみに話しているというシチュエーションでもあり、杏子はわかりやすく「自分と同じ性別の人しか好きになれない生まれつきの人のことをいうのよ」と「ゲイ」という言葉を説明する。「同じ性別の人しか好きになれない」という否定的なニュアンスを含むこの語り方自体がヘテロセクシズムを再強化するものであるわけだが、いずれにしても、「ルル秋桜」では「生まれつき」ということの例として、「はにわ」よりもいっそう「はっきりとした形」のものとして「ゲイ」が持ち出されるのである。

このようにシリーズが進むにつれて、修三は「ゲイ」として「生まれつき」のものであるということを示す役割を担わされるようになる。第一章のホモノーマティヴィティの議論でも触れたように、ネオリベラルな〈性の政治〉のもとでは、規範からはずれたさまざまな性のあり方が棄却され、固定された性的マイノリティというあり方が前景化されるようになるのだが［→本書二五頁］、修三の表象においても、「はにわ」や「ルル秋桜」になると、「「ゲイ」」というはっきりとした形」や「生まれつき」といった表現が示すように、しだいに固定されたマイノリティとしての特徴が際立つようになってくるのである。つまり、「はっきりとした」明確な輪郭を持ち、本来的にそのようなものとして、もっといえば、「生まれつき」だからしょうがない存在として「ゲイ」が可視的に語られるようになるのである。杏子に対するアドバイスだけではなく、このような修三の表象のされ方自体にも、村上春樹の「偶然の旅人」のホモノーマティヴな「彼」と重なるようなゲイ男性の可視化のプロセスが指摘できる［↓本書五一―五二頁］。結局のところ、〈杏子と修三シリーズ〉の修三も、異性愛規範を脅かすことも、問いなおすこともないまま、「お母さんをとても大切にしている」善良なる「家族」の一員として、既存のジェンダー／セクシュアリティ秩序を維持することになってしまうのである。

＊川上弘美「コーヒーメーカー」と「山羊のいる草原」からの引用は『ざらざら』（新潮文庫、二〇一一年）三八―四四頁／七七―八五頁、「修三ちゃんの黒豆」と「道明寺ふたつ」からの引用は『パスタマシーンの幽霊』（新潮文庫、二〇一三年）一一五―一二六頁／二一〇―二二三頁、「はにわ」からの引用は『猫を拾いに』（マガジンハウス、二〇一三年）五二―六五頁、「ルル秋桜」からの引用は『クウネル』第七二号（二〇一五年三月）一一六―一一九頁による。本文中には頁数のみを記した。

注

［★1］ただし、この特集に収録された記事のなかにも、女性にとっての親友としてのゲイ男性の役割に関して、懐疑的な記述もある。「ゲイとの快適生活をめざす女たち」という記事でも、「ゲイの友だち」を持っている女性

たちを取り上げつつ、「女の時代と言われて、はや10年。女にとって職業の選択の可能性にしろ、ずいぶん自由で快適になっている。しかし、その分、男と同じように働き、競争心を持ち、ストレスを溜めるという生活の中で、実は女たちは肝心な人間関係のあり方を考えることや、それについて努力することが、とても苦手になってきているようだ。そして、表面上は威勢がよくとも、結構ベーシックなところで疲れを溜め込んでしまったのではないだろうか」と述べ、「彼女たちに会っていると、第三の人間関係であるゲイ友だちは、そんな疲れをいやしてくれるパートナーのようだ」と癒しとしての「ゲイの友だち」の役割を認めているのだが、そのうえで「しかし、その関係に頼ることが彼女たちの本当の問題の解決になるのだろうか」と最後で問題が提起され、記事は締めくくられている［下森、一九九一、一〇五頁］。〈ゲイ・ブーム〉において、ゲイ男性が女性にとってどのような存在として表象されたのかについては、石田［二〇〇七］に詳しい。

［★2］ 第一一号の「ミシンで、だだだ。」、第三〇号の「捨てないはぎれ。」、第五八号の「布が好き。」といった特集が挙げられる。

［★3］『クウネル』は二〇一六年一月二〇日発売号（第七七号）からリニューアルされた。「好奇心がいっぱい、人生を楽しむことに積極的な50代の大人の女性たち。そんな素敵な女性たちにエールを送り、ともに新しい世界を広げていくことをめざして」というコンセプトが掲げられており、そこには川上弘美の連載はない［http://magazineworld.jp/kunel/kunel-77/ 最終アクセス・二〇一六年三月一五日］。なお、同号には吉本ばななの「自分だけのスタイル」というエッセイが掲載されている。「私は人生をクリエイティブにしたい自由の戦士たちに向けて書いているのだ」と自身の読者のクリエイティヴィティを意識した一節があり［吉本、二〇一六、四七頁］、本書の次章の議論とも関わる点で興味深い［↓本書一〇九―一一三頁］。

［★4］『クウネル』連載の作品は、基本的には一話完結のものが多い。同じキャラクターが再登場するものもあるが、その場合には語り手が変更されている。

［★5］ 二〇〇一年六月一五日発行の『週刊金曜日』（三六七号）に、東郷健に関するルポルタージュ「伝説のオカマ 愛欲と反逆に燃えたぎる」が掲載されたのだが、タイトルの「オカマ」という表現の使用に対して、すこたん企画が抗議をしたことに端を発する。すこたん企画の抗議に対する異論も出され、同年九月には伏見憲明

が中心となり、シンポジウムが開かれ、「オカマ」という表現の差別性をめぐって議論がなされた。このシンポジウムの記録や「伝説のオカマ」についての論考は『「オカマ」は差別か――『週刊金曜日』の「差別表現」事件』（ポット出版、二〇〇二年）にまとめられている。なお、同書に収録された平野広朗の「誰が誰を恥じるのか」という論考の「「おんな」「女性的なるもの」を貶め、「おとこ」「男らしさ」に過剰なまでの価値を置いてみせるミソジニーとマチズモの土壌の中で、「おかま」は差別語として機能する」［平野、二〇〇二、一一六頁］という指摘は重要なものである。

［★6］このテクストで修三が「おネエ」と名乗る／呼ばれることはないのだが、クレア・マリィによると、「おネエキャラ」と同音の表記が現代用語辞典の項目になったのが二〇〇五年であり、『現代用語の基礎知識』には「オカマに代わるマイルドな言い方」、『知恵蔵』には「いわゆる「おかま」ということになるが」といった記述が登場するようになる［マリィ、二〇一三年、六一―六二頁］。「コーヒーメーカー」の初出はこれらには先立つものの、ここでの「おかま」と「おネエ」にはある程度の互換性はあると考えられる。

［★7］ただし、「桃サンド」の結末には星江が桃サンドを食べる場面があり、星江は「やたらにおつゆをこぼし」、「服にもいっぱいこぼした」果汁について「洗濯してもとれないんだよね」と語る［川上、二〇一一c、一六九頁］。桃の「おつゆ」を星江のちかへの思いとするならば、ちかに思いを告げることもなく、二人の親密な関係は終わってしまうものの、星江の思いそのものは完全に消え去ることはなく、染みのようにこびりついて星江のどこかに残るという解釈も可能である。また、『パスタマシーンの幽霊』に収録された「海石」（『クウネル』第二一号、二〇〇六年九月）は、海の穴の「いきもの」である「あたし」が陸に上がり、「女のひとそっくり」になって、「男のひと」や「女のひと」と暮らす話であるのだが、この「あたし」は最終的に「女のひと」とともに海の穴に戻ることになる。女性化された一人称の「あたし」が用いられている点で、ここに女性同士の関係性とその持続を読み取ることもできるかもしれない。だが、そもそも「あたし」は「女のひと」ではなく、穴に潜ると「あたしのからだも、女のひとのからだも、穴のいきものに変わってゆきました」と性差そのものが消滅する展開を見せている［川上、二〇一三、一〇、一四頁］。

［★8］「道明寺ふたつ」で、修三は和子先生のことを「中林さんのおばあさまとやらの、『長いおつきあい』の愛人

なんじゃないの？」［二一七頁］と冗談めかしたうえで、和子先生の料理を「ビアンばばあのくせに、いい仕事してるな」と述べる場面がある。杏子は「それ、差別だよ、レズビアンの人に対する」と返し、「それから、男言葉になってるよ」と指摘する。そうすると、修三は「あら、一本とられたわね」と再びあからさまに「おネエことば」を用いて返答する［二二二頁］。こうしたやり取りからは、修三が「おかま」という呼び方だけではなく、「おネエことば」にもこだわらなくなりつつあることがうかがえる。

第3章　〈性の多様性〉を問いなおす

よしもとばなな『王国』シリーズ

このいろいろな色がその人の個性で、そして、こんなふうにまわりのところは広がる光同士でちょっとずつ重なっているから、人には人のことがわかったり好きになれるのだ。そして、となりあっている光同士は、縁があって似た性質を持つものなんだろう。そして、はじっこのほうでまた他の傾向の光と触れ合っているから、結局人類はみんなどこかしらでつながりあっているのだろう。私と、営業マンたちも、火事のくさい人たちも、何十万という、あいだに入っている光の重なりのどこかで、きっとつながっているのだろう。

よく見ていたら、私の知っている人たちがどの光なのかわかってきた。片岡さんの光はまっ黄色で、卵の黄身のような色をしていた。大きく丸く光っている。そして楓の光はラベンダー色で、繊細な光を発していた。今にも透明になりそうな、その淡い輝き。真一郎くんは薄いみどり色だった。人と距離を置いてふらふらと輝いていた。おばあちゃんは強く光るえんじ色。大地に根付いた魔法の色だった。あまりまわりにぽわんと広がっていない、夜空の星によく似た光だった。

ああ、なんと愛しいことだろう、それぞれ違っているからこそ。

よしもとばなな『王国　その2』一三六―一三七頁

よしもとばなな『王国』シリーズ

よしもとばなな（吉本ばなな）が描く〈多様な性〉

これまでの章でも触れたように、近年、〈多様な性〉や〈性の多様性〉について肯定的に語られることがある。もちろん、性とは多様なものである。しかし、〈性の多様性〉という考え方が、時には〈いま・ここ〉にある差別や抑圧の構造を見えにくくし、さらには新たな差別や抑圧を生み出してしまう場合もある。特に「ＬＧＢＴ市場」に関する記事が特徴的であるが、ネオリベラルな価値観のもとで、ダイバーシティの好例として〈性の多様性〉が語られる際、市場経済にアクセスできる人びととできない人びとの間に分断が生じるという問題については、本書でも何度か言及してきた。本章ではよしもとばななの小説におけるゲイ男性の表象のされ方に目を向けつつ、〈性の多様性〉の問題について考えてみたい。

吉本ばなな（一九六四年〜）は、一九八七年に「キッチン」が第六回海燕新人文学賞を受賞し、デビューした。一九八九年には『ＴＵＧＵＭＩ』で第二回山本周五郎賞を受賞する。短編集『白河夜船』やエッセイ『パイナツプリン』を出版したこの年には、斎藤美奈子によれば、「年間ベストセラー一〇冊のうち四冊までをばななが占めるという前代未聞の事態が発生し」、「その部数たるや半端じやなかった」というブームが起き、「ばなな現象」として大きく報道された〔斎藤、二〇〇二、六〇―六一頁〕。

その後も『N・P』（一九九〇年）、『アムリタ』（一九九四年）、『不倫と南米』（二〇〇〇年）、『王国』シリーズ（二〇〇二～一〇年）、『なんくるない』（二〇〇四年）などを発表している。二〇〇二年、『王国』シリーズの第一作を出した後に「よしもとばなな」と名前をひらがなに改名し、二〇一五年に再び筆名を「吉本ばなな」とした。海外でも多く翻訳され、従来、日本文学にはそれほど関心がなかった層も読者として獲得した〔斎藤、二〇〇二、八一頁〕。イタリアでは一九九三年のスカンノ賞をはじめ、いくつかの賞を受賞している。

デビュー以来、吉本ばななは〈性の多様性〉とみなされるような関係や、〈多様な性〉を生きているといえそうな人物をしばしば作品で取り上げてきた。たとえば、『キッチン』（一九八八年）に登場する、男性から女性へと性別を変更した「圧倒的」〔吉本、一九九八a、一八頁〕な存在であるえり子さん。『白河夜船』（一九八九年）に収録された「白河夜船」の「私」と亡くなった友人であるしおりの「レズというような意味じゃなくて」〔吉本、一九九八c、一九頁〕と補足されるほどの親密性や、「ある体験」という作品で霊媒体験のなかで繰り広げられる「私」と死んでしまった春という「ひどい女」〔吉本、一九九八d、一四九頁〕との女性同士の交流。「ハードボイルド」（一九九九年）にしてもそうなのだが、吉本作品ではオカルティズムと女性同性愛が関連づけられて表象されることがしばしばある。さらには、『SLY』（一九九六年）の男性とも女性とも性的関係を持つ喬や、喬の元恋人でもある「オカマ」

［吉本、一九九九、二七頁］の日出雄など例を挙げることは容易い。

「ちょっとゆがんだおとぎ話」

本章では近年のよしもとばななの「ライフワーク」とも称される『王国』シリーズを取り上げる。『王国』シリーズとは、『王国　その1　アンドロメダ・ハイツ』（二〇〇二年）、『王国　その2　痛み、失われたものの影、そして魔法』（二〇〇四年）、『王国　その3　ひみつの花園』（二〇〇五年）と、その番外編であり、完結編でもある『アナザー・ワールド　王国　その4』（二〇一〇年）の四作品によって構成される。

まずは『王国』シリーズがどのような物語であるかを確認することから始めよう。シリーズの最初の三作品では、雫石《しずくいし》という名前の女性が一人称の語り手となる。雫石は『王国　その1』で次のように自己紹介をする。

> 私の名前は雫石という。
> おじいちゃんが好きでよく栽培していたサボテンの種類から取った名前だという。
> 私はつい最近まで、ふもとから歩いて二時間、車が通ることのできる道のない場所にある小さな山小屋でおばあちゃんとふたりきりで暮らし、仕事の手伝いをしていた。
>
> ［…］

とにかくおばあちゃんは薬草茶をつくる名手で、私はたったひとりの肉親であるおばあちゃんを人前では先生、と呼んでいた。私は小さい頃からきっちりとしこまれた、おばあちゃんの有能なアシスタントだったのだ。〔①一九―二〇頁〕

薬草茶をつくる名手であった祖母のアシスタントとして、山で暮らしていた雫石であったが、山が開発され、薬草茶を作ることが難しくなったため、その山を降りることになる。都会で生活を始めた雫石の戸惑いや気づき、あるいは〈成長〉が『王国　その3』までの主題となる。

雫石は、「目があまりよくなくて」、「ちょっといい男」〔①五一頁〕だというゲイ男性の占い師である楓のアシスタントをしながら都会での生活を開始するのだが、祖母と別れ、山での生活を失ったことによる、大きな喪失感を風変りな人々との交流によって癒され、回復するという物語の展開は「キッチン」にも通じるものである。ただし、『王国』シリーズのほうでは、雫石の祖母は死んだわけではなく、マルタ島へと旅立つことになる。

『王国』シリーズの特色は次の一節によっても端的に示されるだろう。

これは、私と楓をめぐる、長く、くだらなく、なんということのない物語のはじまりだ。童話よりも幼く、寓話にしては教訓が得られない。愚かな人間の営みと、おかしな角度から見たこの世界と。

つまりはちょっとゆがんだおとぎ話だ。

それでもそういう話の中にはちょっといいところがある。

そして本気でそれしかしようがない人達がいれば、世界は不思議な形でふところを開いてくれるものだ。

たいていの毎日はなんということなく過ぎていくが、その中にいろいろなつながりがあって、朝の光につやめく蜘蛛の糸のように、最後には美しい形を見せることがあるからだ。

その中にはひからびた虫だとか、一見醜く見えるものもたくさんある。でも、そこにあらわれたものはきっと、大きな大きな目で見れば、全てがすばらしいもの、かけがえのないものなのだ。

〔①一五頁〕

要するに、雫石と楓を中心とした「ちょっとゆがんだおとぎ話」ということになるのだが、ここで提示される〈ゆがみ〉は『王国』シリーズの登場人物やその関係性を規定するキーワードになる。

さらに、引用した一節には「いろいろなつながり」という表現があるが、野口哲也は『王国 その1』に「〈流れ〉や〈大きな力〉の中で〈いろいろなものがちゃんとつながっている〉といったエコロジカルな世界観ないし倫理観として随所に示されているメッセージ性」を指摘する〔野口、二〇一一、八九頁〕。確かにエコロジーや「自然」との共存は『王国』シリーズの主題であり、後述するように、よしもとも『王国 その3』の文庫版のあとがきで「大きなテーマ」は「外側の自然と、そして自分の中の自然とつきあうということ」〔③二二一頁〕だと述べている。そしてその「いろいろなつながり」のなかでは、「一見醜く見えるもの」であっても、「大きな大きな目で見れば、全てがすばらしいもの、かけがえのないものなのだ」と続けられる。こうした全肯定もこのシリーズを特徴づけるものである。

ここで挙げたような『王国』シリーズのテーマとの関連で、〈性の多様性〉がどのように展開するのかを検討することが本章の課題となる。

『王国』シリーズの「才能」豊かな者たち
——『王国 その1』

『王国』シリーズの「はずれもの」たち

続いて、『王国』シリーズの登場人物たちの関係性について見ていこう。都会で生活を始めた雫石は「有名なシャボテン公園」〔①八六頁〕で出会った野林真一郎というサボテンの専門家と「世でいうところの不倫」〔①八一頁〕の関係を結ぶことになり、『王国 その2』での真一郎の離婚を経て、『王国 その3』で真一郎とは別れることになる。

サボテンにちなんだ名前をもつ雫石はしばしばサボテンと交流し、真一郎のことも、都会で一人暮らし始めた雫石の「淋しさや苦しさ」〔①九六頁〕を取り除くために、「きっとサボテンが私に貸してくれたんだ」〔①九七頁〕と思う。そして同時に、サボテンは「私に彼が必要でなくなったらいつでも取り上げるだろう」〔①一〇四頁〕と真一郎との別れを最初から予期している。

その二人の関係は「静かな恋」〔①八一頁〕と称され、「世間での生きにくさ」〔②四一頁〕を共有し、「セックス中心ではなく」〔②四九頁〕、「老夫婦のよう」〔①一〇一頁〕であったという。雫石と真一郎は若い男女のカップルの〈あたりまえ〉からはずれた交際をしていることが強調されるのである。

一方で、楓との関係については、初対面の段階で、次のように述べられる。

そして私たちはその瞬間から、友達にもなったのだった。なんでだろうか、ふたりが友達になったことはお互いに一回も口に出していないのに、まるで契約書を交わしたかのように、その気持ちをはっきりとお互いに理解できた。なかなか会えなかったけれどやっと友達に会えた、すごく長かったから希望も失いかけていた、でも待ってみてよかった。そういう感じがした。〔①六一頁〕

つまり、出会ってすぐに完全に理解し合うのである。「キッチン」や「満月」のみかげと雄一の間に「テレパシーのようにすぐ、深い理解が訪れてしまう」〔吉本、一九九八b、八九頁〕のと同じような展開である。それはまさに運命的な出会いであり、「ふたりは結婚することもセックスすることもなく、ただ命をかける覚悟だけを持ってこの世の秘密の中にいっしょに入っていく」〔①一七頁〕というような非常に強い関係を結ぶ。雫石は、楓のことを「生まれて初めての友達であり、お互いの人生の主要な登場人物」〔①六六頁〕、「私の運命の一部」〔①一一五頁〕とまで表現する。

雫石は楓とのこうした交流を通して、喪失感から回復することになるため、このシリーズにも、第一章・第二章で取り上げた村上春樹や川上弘美の作品と共通する女性を癒し、支える「ゲイの親友」の役割が見出せる〔→本書四六―四九頁、七四―七八頁〕。まとめれば、『王国』シリーズの前半では、雫石は、若い男女のカップルの〈あたりまえ〉とは少し異なるものの、真一郎という男性の恋人を持ち、同時に楓というゲイ男性と性愛とは一線を画した強い「絆」〔①一七頁〕」を築くのである。

ゲイである楓には片岡という男性のパートナーがいる。片岡は日本とイタリアを行き来し、占い師の学校を経営する「かなりのお金持ち」〔①七七頁〕であり、楓のパトロンでもある。雫石は当初、「ものすごい偏屈なおじさん」〔①七七頁〕と片岡に対して苦手意識を持っていたのだが、しだいに好感を抱くようになる。作中には、楓と片岡が寝ているところを雫石が目撃する場面があり、それは次のように語られる。

ふたりの安らかで、健やかで、他に行き場のない、その部屋だけのあたたかい眠りは、きらきらとした光に包まれていた。

この部屋を一歩出たら、ふたりには敵がたくさんいる。変わった商売で、ゲイで、目もよく見えない楓。人の悩みでお金をとって生業としている上に、人柄は悪くないのに人生でいろいろなことにもまれてすっかり感じが悪い片岡さん。

ここでだけ、ふたりは子供のような自分に戻って眠れる、暖かい枯葉や小枝や何かでできている巣なのだ。そう思うと、私はとても暖かい気持ちになった。〔①八〇頁〕

雫石には、ゲイ・カップルである二人がリラックスした状態でいられるのは、楓の部屋のなかだけという認識がある。雫石は同性愛への社会的な差別にも自覚的であり、「きらきらとした光に包まれて」いるゲイ・カップルを見守り、自身も「暖かい気持ち」になるというのである。雫石は都会での生活には慣れないという設定であり、そうした意味でも、ゲイ・カップルに共感している。

『王国　その1』では、雫石は真一郎とのことを「世の中からはずれているもの同士」〔①一三七頁〕と述べているのだが、この二人のみならず、楓や片岡、雫石の祖母、さらには『アナザー・ワールド』に登場するノニやキノといった『王国』シリーズの主要な登場人物たちはみな、どこか「世の中からはずれている」存在として表象されているといえよう。『王国　その3』の文庫版あとがきでも、このシリーズのテーマとして「自然」との共存とともに、「はずれものでもなんとか生きる場所はある」〔③二二一頁〕ということが挙げられている。

クリエイティヴな「才能」

ところで、『王国』シリーズの最初の三巻が発表されたのは日本のネオリベラリズムを本格的に推し進めた小泉政権の時期に重なる。「ちょっとゆがんだおとぎ話」と称される『王国』シリーズは、一見すると同時代の現実の政治や経済の動向とは関係が薄いように思われる。だが、本当にそうだろうか。

三浦玲一は、ネオリベラルな経済体制の特色として、「国家の経済的な繁栄のためにはアクティヴな市民性が不可欠だと宣言し、流動的でフレキシブルで起業家精神に富んだ市場文化の創成を目標とすること」や「グローバル化を前提としたなかでのコンテンツ産業、クリエイティヴ産業の振興を重視すること」を挙げている〔三浦、二〇一三、六五頁〕。確かに開発によって山の生活から追われた雫石と祖母は「市場文化」からは遠く、その基盤となる競争原理にも反発するキャラクターとして設定されているかのように感じられる。『王国　その1』には次のような一節もある。

しかし病気の人の謙虚な気持ちに普段接している私たちからしたら、健康な人がカネカネとなんでも金に換算したがるあの雰囲気は本当に悪い冗談みたいに思えた。株や証券で生活している職業ならともかく、そうでもないのに、まず出すものが企画書と計算機なのだから、いつも本当にびっくりしてしまった。きっとあれはあれで、お金でしか何も交換できない生活に慣れてしまったからなってしまう病気のようなものなのだろう。その人達はどうもみんな同じような「人に気に入られる本」か何かを読んでいるらしくて、みんな言葉使いも笑顔も売り込みの感じも同じだった。そういう種族がいるのだなあと私は思っていた。〔①二九—三〇頁〕

雫石は「カネカネとなんでも金に換算したがる〔…〕雰囲気」を軽蔑し、そのように商売に勤しむ人びとを特殊な「種族」であるかのようにみなし、自身や祖母との間に境界線を引くのである。

だが同時に注目したいのは、『王国』シリーズの登場人物たちが、ネオリベラルな経済体制で特権化される「クリエイティヴ産業」［★1］とも決して相性が悪くない独創的な「才能」にあふれている点——それゆえに、どこか「世の中からはずれている」存在ともなるのだが——である（これは吉本ばなな／よしもとばななの多くの作品に当てはまることでもある）。

雫石の祖母は「薬草茶をつくる名手」であり、雫石はその「有能なアシスタント」であった。雫石も薬草茶の製造に着手し、薬草を利用した入浴剤など新たな商品開発にも取り組み［③一一四頁］、最終的には薬草茶をインターネットで販売することになる。山での「生活はまずしかった」［①二五頁］と雫石は語るのだが、祖母の薬草茶に魅了された人びとのサポートによって「とても豊かな暮らし」［①二六頁］を送ることができていたという。そこにはテレビもビデオもインターネットもあった。

また、雫石や祖母は「カネカネとなんでも金に換算したがる」人びとが出してくる「ふるさとのおばあちゃんが作る奇跡の薬草茶」といった企画書を侮蔑し、薬草茶の「商品化の申し込み」［①二六—二七頁］も拒否するのだが、そうした申し込みがあること自体、二人がクリエイティヴィティを重視する「市場文化」と親和性が高いことを暗示している。

一方、視力に障害をもつ楓は「流動的でフレキシブルで起業家精神に富んだ市場文化の創成を目標とする」ネオリベラルな価値観のなかではハンディを負うことになる。しかし、この作品では楓のパートナーである片岡が仲介役をつとめることで、「一種の超能力」〔①五三頁〕であるところの「才能」を活かした占い師としての楓は「市場文化」とスムーズに結ばれることになり、「実力があるのでそれでもお金に困ってはいなかった」〔①六六頁〕という経済状態を維持する。

しかも、楓のクリエイティヴィティに関しては、『王国　その1』で「ぜひ彼の言葉を本にしたい」という出版社の申し出を受けており、雫石が「楓の本のためのインタビューとメモ書き」をするという展開も非常に示唆的である〔①六二頁〕。換言すれば、楓の内面の表現——それは作品冒頭で楓の「個性」〔①一〇頁〕と称されるものだが——がそのまま金銭になるということであり、雫石はまずそのような作業のアシスタントとして楓との交流を始めるのである。

さらに、最終巻『アナザー・ワールド』では雫石と楓の子どもであるノニという女性が一人称の語り手になるのだが、ノニは石に対する特別な「才能」を持っており、その「才能」を活かして、ブレスレットなどアクセサリーを制作している。ノニは「私には見えているが、みんなには見えていない」ものをアクセサリーとして「ひとつひとつ世の中に出して」いくことを自身の使命とするのである〔④一八五頁〕。ここでもノニの「内面の問題」〔④四七頁〕が重視されていることは明らかで、楓の場合と同様に、内面のクリエイティヴィティの表出こそが富の源泉になるというクリエイティヴ産業の論理が見出される。最終的には片岡のアドバイスもあり、ノニの「芸術的センス」〔④二二七頁〕がより強く商売と結びつけられる未来が用意されている。

また、ギリシアのミコノス島を舞台に、ノニと運命的な出会いを果たすキノという男性も「猫や虹や木々や女性を線画でかわいらしく描く」〔④七二頁〕イラストレーターであり、著名人の本の表紙も描いている。ノニはキノの「才能」を称賛することになる。

ノニとキノがミコノス島で出会うという設定が示すように、さらには、『王国　その2』の「行きたいところに行き、そうしたいと思うあり方であるための力を、私はみんな持っている」〔②一四二頁〕という雫石の言葉が象徴的であるように、『王国』の登場人物たちは、たとえ視力に障害のある楓や、足に障害を持っているキノであっても、世界各地を自らの意思で、自由に移動できる「力」をそなえている。要するに、そうすることができる経済状態にある。

ジグムント・バウマンは、「ポストモダンの消費社会は階層化された社会である」とし、「消費社会のなかで「上層」と「下層」を画する要因は、彼らの可動性の程度、すなわち自分がどこにいるかを決める自由の有無である」と論じている〔バウマン、二〇一〇、一二〇頁〕。バウマンの指摘を踏まえると、快適な旅行者である『王国』シリーズの登場人物たちは消費社会のヒエラルキーの「上層」を占めるということになる。

このように、一見、ネオリベラルな経済体制からは遠いところに存在するかのように見える『王国』シリーズの「はずれもの」たちは、実際のところはネオリベラルな価値観に適応できる「才能」豊かな人物として設定されているのである。そして、そうした「才能」を活かすことで、楓以外の登場人物たちもお金に困る様子はまったくなく、世界各地を快適に移動するのである。そのため、このシリーズでは経済的な問題が不可視化された状態で、〈性の多様性〉が描き出されることになるのである。

「ああ、なんと愛しいことだろう、それぞれ違っているからこそ」?
——『王国　その2』

「世界に一つだけの花」と「自分を極めていく」こと

『王国　その1』の最後、雫石は「私の中に差別の意識はないはずだった」〔①四八頁〕と述べつつも「くさい人たち」〔②七二頁〕と差別的な呼び方をしていた薬物中毒者の隣人の放火によって住むところを追われ、山から持ってきたサボテンの多くも火事で失ってしまう。「すすに汚れて孤児みたいな感じ」〔①一四七頁〕になった雫石を楓は自身の家に迎え、「ここに住んで家の管理をしてよ」〔①一五〇頁〕と提案をする。

続く第二作目『王国　その2　痛み、失われたものの影、そして魔法』では、楓と片岡はフィレンツェに滞在しており、楓の提案を引き受けた雫石は楓の部屋で留守を預かることになる。都会で暮らすようになった雫石は「失ったもの」〔②九頁〕の大きさに直面し、日々、「小さな魔法」〔②二六頁〕をかけることで、その喪失感から回復しようとする。

そうしたなか、雫石の支えとなるのが「商店街」〔②二八頁〕である。雫石は「痛み」をごまかす「都会的なやり方」〔②三二頁〕には違和感を覚え、その対極にあるものとして「本能」や「野生」〔②二四頁〕を持ち出すのだが、「人間というものは浅い、痛みのない生活を求めながらも、深いところでそれにやっぱり抵抗するものだ」〔②三六頁〕とも思い、商店街の「全然かたよりのないあらゆる種類の人たち」〔②三一頁〕とゆるやかな関係を築くことになる。

本節では、楓と喧嘩し、一時帰国した片岡と雫石との会話に注目したい。楓の仕事に対するスタンス、具体的には深刻な相談内容に十分に対応できないことを批判的にとらえる片岡に対して、雫石は次のように返答する。

「でもほら、それぞれが無理しないで、自分の才能をちゃんとケアしていけば、それでいいのではないでしょうか。もしもそれで食べていけないなら、それは世の中のほうが悪いんです。そう思えれば、絶対になんとかなると思うんです。私が思うには、みんな食べていけないとなると、自分が悪いって思うみたいなんだけど、私から見たら、そんなのナンセンスなんですよ。自分以外のものになんて、一生なれるわけないんです。自分を極めていくしかないんです。ほら『世界に一つだけの花』ってSMAPも歌ってるじゃないですか」〔②一〇九頁〕

雫石は二〇〇三年のSMAPのヒット曲である「世界に一つだけの花」に言及する。『王国』という「ちょっとゆがんだおとぎ話」に現実の時間が入りこむ瞬間でもある。

ここで、「世界に一つだけの花」（作詞・作曲、槇原敬之）の内容を確認してみよう〔JASRAC出1608714-601〕。花屋の店先に並べられた花。いろいろな花があり、それを見る人の好みもいろいろ。だが、「どれもみんなきれいだね」と曲の主人公は断言する。花と人間をだぶらせ、「一人一人違う種を持つ　その花を咲かせることだけに　一生懸命になればいい」というのである。それは「自分を極めていくしかないんです」という雫石の言葉とも共鳴するものである。そして、「NO．1にならなくてもいい　もともと特別なOnly One」という印象的なメッセージが発せられる。

確かに、自己否定に苛まれた時に、この曲に救われることはあるだろう。しかし、「どれもみんなきれいだね」や「もともと特別なOnly One」と、すべての「花」＝「人」がそのまま肯定されるということは、たとえ二番の歌詞に出てくるような「色とりどりの花束」には選ばれなかったとしても、「バケツの中誇らしげに　しゃんと胸を張って」、その苦しい現状に満足せよというメッセージに容易に転化してしまうものでもある。

さらに、この曲は「それなのに僕ら人間は　どうしてこうも比べたがる？」というように、他者との比較による順番＝「NO．1」ではなく、自分自身に価値が内在していること＝「Only One」を称えるものだが、その前提にあるのは「一生懸命になればいい」の「一生懸命」や「頑張って咲いた」というフレーズに表れている努力や頑張りの絶対視である。それだけではなく、他者との比較が退けられているため、競争する相手を失い、その努力は終わりなきものになりかねない。そうした意味で、一見すると生存競争から逃れ、「いろんな花」の共存を称賛するような「世界に一つだけの花」からは、自助努力や自己責任を重視するネオリベラルな価値観が透けて見えるのである。そもそも「花屋の店先」に並べられる時点で、「いろんな花」は生存競争を勝ち抜いた花に他ならない。

『王国　その2』に戻ってみると、雫石は引用した箇所で、「自分の才能をちゃんとケアして」も、「もしもそれで食べていけないなら、それは世の中のほうが悪いんです」と楓個人ではなく、「世の中」の側を俎上にのせてもいるのだが、具体的に「世の中」の何が問題なのかについては触れず、結局は「自分を極めていくしかない」と「才能」豊かな者たちの自己肯定へと向かうことになる。しかも、ここでも内面にある「才能」の育成が「食べていく」＝生計を立てることに直接結びつけられて考えられている点は明らかである。

一方の楓は片岡の考え方に対し、「僕、オカマだからかなあ、片岡さんの『深刻なほうが問題は深い』っていういかにも男社会的な考え方は嫌いなんだ」〔②一二〇頁〕と述べている。「オカマ」という立ち位置から片岡の見解が「男社会的な考え方」として退けられるのである。同じゲイ男性といっても、ビジネスの世界と結びついた設定の片岡のほうが「男社会的な考え方」を採用するという、ゲイ男性の差異についてもうかがえる一節である。

讃美される差異とつながり

さて、「世界に一つだけの花」に言及しつつ雫石が展開するこうした強い肯定は、『王国　その2』のクライマックスの次のような夢の情景へとつながっていく。

そして暗闇の中にまるで蛍のように、楕円の形をした小さな光がたくさん飛び回ったりじっとしたりしていた。光たちはピンクやブルーや黄緑色や、そんなふうに薄くてきれいないろいろな色をしていて、まるで呼吸するように大きくなったり小さくなったりして、真ん中がいちばんよく光っていて、まわりに広がるにしたがってどんどん薄い乳白色になっていくのだが、その薄い部分はかなり遠くまで広がっていて、他の光と重なり合ったりしているのだった。

私は思った。

この光こそが、人間なんだ。人間の本当の姿なんだ。

［…］

このいろいろな色がその人の個性で、そして、こんなふうにまわりのところは広がる光同士でちょっとずつ重なっているから、人には人のことがわかったり好きになれるのだ。そして、となりあっている光同士は、縁があって似た性質を持つものなんだろう。そして、はじっこのほうでまた他の傾向の光と触れ合っているから、結局人類はみんなどこかしらでつながりあっているのだろう。私と、営業マンたちも、火事のくさい人たちも、何十万という、あいだに入っている光の重なりのどこかで、きっとつながっているのだろう。

よく見ていたら、私の知っている人たちがどの光なのかわかってきた。片岡さんの光はまっ黄色で、卵の黄身のような色をしていた。大きく丸く光っている。そして楓の光はラベンダー色で、繊細な光を発していた。今にも透明になりそうな、その淡い輝き。真一郎くんは薄いみどり色だった。人と距離を置いてふらふらと輝いていた。おばあちゃんは強く光るえんじ色。大地に根付いた魔法の色だった。あまりまわりにぽわんと広がっていない、夜空の星によく似た光だった。
ああ、なんと愛しいことだろう、それぞれ違っているからこそ。〔②一三五―一三七頁〕

雫石はさまざまな人びとを「光」にたとえ、「光」こそが「人間の本当の姿」であるとし、その「ピンクやブルーや黄緑色」といった「薄くてきれいないろいろな色」を人びとの「個性」とみなすのである。そして、その「光」の重なり合いに人びとの「つながり」を見る。この情景は「〈いろいろなものがちゃんとつながっている〉といったエコロジカルな世界観ないし倫理観」〔野口、二〇一一、八九頁〕が具現化された場面でもあり、雫石が『王国　その1』で軽蔑していた「営業マンたちも、火事のくさい人たちも」その「つながり」に含みこまれる〔★2〕。

主要な登場人物の「光」の色＝「個性」も描き出されている。それぞれその「才能」が反映された色合いであるのだが、「ラベンダー色で、繊細な光を発していた」という楓の「光」の「ラベンダー色」とは英語圏では同性愛を暗示するものでもある。雫石はそうした「光」とその重なりを「ああ、なんと愛しいことだろう、それぞれ違っているからこそ」と感嘆する。それは「世界に一つだけの花」の「小さい花や大きな花　一つとして同じものはないから」と差異が肯定されつつ、「いろんな花」や「色とりどりの花束」を「どれもみんなきれいだね」と讃美する価値観と共通する。

〈グラデーション・モデル〉の「甘い罠」

〈グラデーション・モデル〉とは何か？

『王国　その2』で雫石が展開する「光」のイメージは、〈性の多様性〉について説明する際にしばしば用いられる〈グラデーション・モデル〉とも重なるものである。〈グラデーション・モデル〉とはいかなるものか。風間孝は次のように説明する。

グラデーション・モデルでは、4層［生物学的性差、社会・文化的性差、性自認、性的指向――引用者補足］それぞれを独立したものと見なす。すなわち、生物学的には女であっても、（社会・文化的に）「男らしく」ふるまう、男の性自認をもつ、女性に性的に惹かれることがありうることを意味する。付言すれば、4層におけるそれぞれの選択肢は、「女」もしくは「男」とは限らない。女／男を両極として、その中間（女性50％／男性50％）、あるいは女／男の割合が、一方が高く他方が低い位置（たとえば、女性25％／男性75％）をとることも可能になる。4層構造のそれぞれは連続体（グラデーション）として表され、その人の性は連続体上のどこかに存在することになる。その結果、性のあり方は無限化される。性別二分法モデルが、生物学的性差／社会・文化的性差／性自認／性的指向に一貫性を与え、性を2つと見なすのに対して、グラデーション・モデルでは、4層構造を独立させ、かつ連続したものと考えることで、性は人の数だけある、すなわち性はn個あると主張するのである。〔風間、二〇〇九、一〇九頁〕

〈グラデーション・モデル〉とは、性を男性／女性、異性愛／同性愛といった二項対立ではなく、「連続体」＝グラデーションとしてとらえ、すべての人はそのどこかに位置すると考えるものであり、「性は人の数だけある、すなわち性はn個ある」というように、〈多様な性〉のあり方を肯定するものである。

〈グラデーション・モデル〉は、「世界に一つだけの花」と同時期の二〇〇三年に出版された『セクシュアルマイノリティ――同性愛、性同一性障害、インターセックスの当事者が語る人間の多様な性』でも用いられている。同書は、性的マイノリティ当事者の教職員が中心となって、性教育、人権教育の一環として、性的マイノリティが抱える問題を取り上げた著作だが、その最後には次のような一節がある。

さまざまな名前で区別立てされ、便宜的にカテゴライズされているセクシュアルマイノリティの人たちは、その区別立ての境界がはっきりしないひとつの連続体（グラデーション）として存在しています。例えばゲイ・レズビアンと呼ばれる人たち全員が生まれてからずっと性的指向が同性であり、異性との性交渉が全くない人たちだ、というわけではないのです。トランスジェンダーやトランスセクシュアルの人でも、みんなが性自認全体が身体と反対の性だというわけではなくて、部分的には身体と同じ心の性であったり、ゆらぎやぶれがあったりする人もいるのです。あれかこれかの区別立てができたり、画一的、均質的に存在しているわけではありません。ひとりひとりが実に違ったあり方で多様に存在しているのです。

そうしたセクシュアルマイノリティのありようは、虹のスペクトルにたとえられます。ひとつひとつの色は際立っていますが、色のあいだの境目ははっきりしません。しかしそのさまざまな色があつまって鮮やかな虹を生みだしています。〔セクシュアルマイノリティ教職員ネットワーク、二〇〇三、二〇一頁〕

この一節では性的指向や性自認の「ゆらぎ」や「ぶれ」が指摘され、性的マイノリティが「区別立ての境界がはっきりしないひとつの連続体（グラデーション）として存在して」いることが強調される。そして、性的マイノリティは「ひとりひとりが実に違ったあり方で多様に存在している」のであり、性的マイノリティの象徴である六色の虹を彩ったレインボー・フラッグのように、それは「虹のスペクトル」のような状態で、「さまざまな色があつまって鮮やかな虹を生みだして」いると述べられる。特定の性のあり方を排除しないジェンダー／セクシュアリティの説明の仕方であるといえよう。

〈グラデーション・モデル〉が見えなくするもの

〈グラデーション・モデル〉による性についての説明は、「ＬＧＢＴ」という明確な輪郭を持つ、固定された性的マイノリティのいくつかを代表させる言葉だけが「旬」のものであるかのように、しかもビジネスと結びつけられて用いられつつあり、その一方で性的マイノリティに関する性教育や人権教育が十分に実現されているとはいえない日本の状況を踏まえると現在でもなお有効なものである。また、昨今の日本社会の排外主義と不寛容の強まりを考え合わせると、「鮮やかな虹」の「さまざまな色」の共存を尊重することの意義は大きい。だがそこには同時に問題もある。

再び風間孝の論考を参照しよう。風間は〈グラデーション・モデル〉の重要性を認めながらも、次のように述べる。

グラデーション・モデルが誤っており、性別二分法モデルが正しいという主張をしたいわけではもちろんない。グラデーション・モデルが現実に存在する非対称的な関係性から目を背ける「甘い罠」になりうることを指摘したいのだ。性別二分法が規範化されるとき、そこから外れた存在である性的マイノリティは差別の対象とされる。そうならないためにグラデーション・モデルが生み出されたといえよう。そこには、性別二分法規範が強固に存在しているという現実認識がある。しかし、性別二分法を批判するためにもちだされたグラデーション・モデルが、そうした現実を忘却・消去させてしまいかねないこともまた指摘しなければならない。性別二分法批判という当初の目的が忘れ去られ、グラデーション・モデルが一人歩きを始めたとき、現実の社会に存在している力関係は、不可視化されてしまうのである。

私が主張したいのは、力関係のない状況に一足飛びに行く前に、私たちが生きている日常がどのように差別や排除とつながっているのかに目をこらし、それを引き受ける必要があるということである。〔風間、二〇〇九、一一〇―一一一頁〕

ここでは、〈グラデーション・モデル〉の根源にある「性は人の数だけある」という発想が上滑りすることで、性のマイノリティもマジョリティもないという見解につながり、結果的に〈グラデーション・モデル〉が性のマジョリティ／マイノリティをめぐる「現実の社会に存在している力関係」を曖昧にする「甘い罠」になることに警鐘が鳴らされているのである。性別二元論や異性愛主義といったジェンダー／セクシュアリティの規範を問いなおすために用いられるものであったはずの〈グラデーション・モデル〉が、その目的を曖昧化されて、「現実の社会に存在している力関係」を温存したまま都合よく持ち出される危険性が俎上にのせられているのだ。

このような指摘を踏まえつつ『王国　その2』に戻ってみると、『王国　その2』のクライマックスで展開される雫石の夢の情景も「現実の社会に存在している力関係」を不可視化する「甘い罠」に容易になり得るものである。

改めて確認すると、楓はゲイであり、「生まれつき視力が弱い」〔①五四頁〕という障害をもっている。そうした楓を「ラベンダー色で、繊細な光を発していた。今にも透明になりそうな、その淡い輝き」と「光」のつながりのなかに置き、その色合いを「なんと愛しいことだろう、それぞれ違っているからこそ」と讃美することは、同性愛や障害を「個性」という〈個人的〉な問題とし、社会的な権力関係とは無縁な差異とみなすことで、異性愛／同性愛や健常／障害をめぐる「現実の社会に存在している力関係」を隠蔽してしまうことにもなる。

それはまさに〈個人的なことは個人的なこと〉であり、村上春樹の「偶然の旅人」における調律師の「彼」の義兄に対する態度の変化に見られたのと同様の〈脱政治化〉の問題がここからも読み取れる［→本書四四―四六頁］。このようにして、同性愛や障害は、『王国』シリーズの「はずれもの」たちの「いろいろなつながり」による〈多様性〉を演出する好例となりかねないのである。

以上のような問題は『王国』シリーズだけではなく、吉本ばなな／よしもとばななの作品世界全般に通じることなのかもしれない。一九九〇年に出された論考ですでに黒澤亜里子は、『キッチン』や『TUGUMI』における「エゴイスティックなまでのサバイバルへの意志」を評価しつつも、「「差異」や「対立」への鋭敏なアンテナなしの「肯定」は、常に［…］「無限の折衷主義」への横すべりの危険をはらんでいる。これはそのまま、吉本ばななの「全肯定」の質を骨抜きにしてしまう危うさにもつながるものである」と吉本作品の問題性を指摘している［黒澤、一九九〇、一五〇頁］。

「それぞれ違っている」という人間の「光」。「個性」というマジックワードを出し、その違いを個人化したうえで美化し、「ああ、なんと愛しいことだろう」と感嘆しつつそのつながりを強調する前に、一つひとつの「光」がどのように違っているのか、それぞれの「光」の間にはどのような権力関係があるのか、そういった点に最大限に目を向けなければならないのではないか。

いずれにしても、よしもとばななの作品そのものは、「力関係のない状況に一足飛びに行く」ことが多いものであるかもしれない。だが／だからこそ、そこで見落とされてしまうものやそれが引き起こす問題を読み取ることは〈性の多様性〉を考えるためにも有効な試みであると思われる。

それでは、『王国　その2』の〈多様性〉の讃美はそれ以降の『王国』シリーズではどのように展開し、変容するのだろうか。続いて、『王国　その3』以降の作品をたどる。

強調される性差
——『王国　その3』

『王国』シリーズの「家族」

『王国　その3　ひみつの花園』で雫石は真一郎とのカップルを解消する。真一郎は学生時代に二人で園芸部をやっていた親友で、現時点では亡くなっている高橋が作った庭を見に行き、そこで再会した高橋の義母をパートナーとすることになる。なお、高橋は「小さい頃から足が悪く」、「心臓も弱かった」〔③七七頁〕という設定で、ここにも障害とクリエイティヴィティを結びつける発想が見て取れる。

一方、雫石は「天才の「作品」」〔③八九頁〕とも形容する高橋の庭に圧倒され、「なんて豊かな世界でしょうか」〔③九四頁〕と称えつつ、高橋の仕事に「楓の面影」を見る。そして、高橋を祖母や楓の系譜に置き、真一郎のことは高橋の母と同じ「彼ら」という括りで、高橋の庭の本質を見抜けない「ゆるい」人びとと対比的に位置づける〔③九五頁〕。そのようにして、雫石のほうから真一郎との関係を終わらせることになる。

『王国』シリーズを〈共同体〉という観点から読み解く大橋奈依が指摘するように、「祖母やそれに付随するものに同一化を図ると同時に、対立項を設定し差異化を図ることでさらに自己のアイデンティティを強化する」雫石は、「自分にとって都合のいい相手を「私の世界」におき、そうでない人物を否定的に語り排除するのである」〔大橋、二〇一四、五二、五六頁〕。それは『王国　その2』で展開された人間の「光」が「どこかしらでつながりあっている」という思想をあっけなく裏切ってしまうものでもある。

雫石が真一郎との関係を終わらせると、雫石と楓のペアが前景化する。雫石は「私には楓しかいない。楓が好きなのだ。楓だけでいいのだ。それがどんなにゆがんでいてもだ」〔③一一〇頁〕とまたしても〈ゆがみ〉を意識しつつ述べる。『王国　その3』の前半にはセンスの違いから「二人が恋愛関係にはなりえない」、「〔楓は——引用者補足〕よりごのみが激しいゲイだった」〔③三六頁〕といった言葉もあるのだが、そういわざるを得ないほど、雫石と楓の関係は恋愛に近づいているとも考えられる。

実際、『王国　その3』の後半になると、「私はすでにもうどうしようもなく楓のことが好きだ」

〔③一七四頁〕と雫石は楓に告げ、電話の楓の声を「恋人のように」〔③一八五頁〕感じるまでになる。同時に、真一郎との「単なる恋愛」と対比させ、「楓を好きな気持ちはもっと大きなものにつながっている」〔③一二二頁〕とも語られる。

このように、『王国　その3』では雫石と楓は恋愛に近づくのだが、同時に「家族」の比喩によって語られる点にも注目したい。雫石は「楓の家に居候していた生活があまりに楽しくて、楽で、まるで親の家にいるみたいな心地よさがあって、出たくない」〔③二八頁〕と述べ、楓の寝顔を見て「家族みたいだ」〔③三二頁〕と思う。

「家族」のテーマが前景化するのは『王国』シリーズの後半からであるのだが、雫石と他の登場人物との関係において、シリーズの前半から「家族」の比喩は散見される。大橋が論じるように、祖母を失った雫石は、「くりかえし自分が孤児」であることを強調し、祖母に類似した「保護者となる存在を求めていく」のである〔大橋、二〇一四、五三頁〕。確かに、楓や片岡は雫石を「子供」とみなし、自分たちが「保護者」であるかのような立場をしばしば取る。たとえば、『王国　その1』でアパートの火事に遭遇し、「すすに汚れて孤児みたいな感じ」でやって来た雫石を片岡は「赤ん坊を抱くように」〔①一四八頁〕迎える。『王国　その3』でも、真一郎と別れた雫石に「むしろ今は、俺たちが君の親だよ」〔③一三九頁〕と楓は言う。「ゲイの親友」に対して女性が「子供」の位置を占めるという関係性は〈杏子と修三シリーズ〉にも重なるものである〔→本書七六―七七頁〕。ちなみに、雫石は「近所の居酒屋」の「ご主人と奥さん」〔①五〇頁〕や真一郎にも「親」〔①一〇七頁〕のイメージを重ねていた〔★3〕。

それと同時に、大橋が「常に被保護者としてふるまってきた雫石が、楓には「〜してあげる」立場をとり、保護する立場へと幅を広げる」〔大橋、二〇一四、五七頁〕と指摘するように、雫石は楓のことを「子供」とみなしてもいる。楓を「かわいい自分の子供」〔①一二六頁〕にたとえ、楓の「育ちのよさ子供っぽさ」〔②一〇九頁〕をも感じ取る。『王国 その2』の〈多様性〉を祝福する場面の直後の夢にも少年の楓が登場する〔②一三七頁〕。雫石はアシスタントとして、「生まれつき視力が弱い」〔①五四頁〕楓のケアや家事を行なうことで楓をサポートし、楓は実質的にはサポートされる役割を果たすのである。

「家族」の強調、食と生殖

「ああ、なんと愛しいことだろう、それぞれ違っているからこそ」と個々人の多様な差異が祝福されていたにもかかわらず、「家族」という関係性が前景化するに伴って、『王国』シリーズは男性と女性の一つの差異、つまり、性差を際立たせる方向に向かう。

そもそも性差の強調はテクストに散見される。たとえば、高橋の義母への気持ちをごまかす真一郎のことを雫石は「なんて弱いんだろう、男の人は」〔③一〇七頁〕と思い、楓は菖蒲湯の風習を知らない雫石に「女だからかなあ」〔③一一六頁〕と言う。そのなかでも本節では特に雫石が料理を作る場面に目を向けたい。

アシスタントとして雫石が料理を作ること自体は『王国』シリーズの前半にも見られたのだが、楓のために台所で料理をする雫石は次のように語る。

私ははじっこをつまみながら、酢飯を作り、見えないとわかっていてもきれいに刺身を並べた。楓はおいしいと言って、時間をかけて幸せそうに食べていた。
ううむ、もしかしてこれが主婦の幸せというもの？　それとも母の？
と私は思った。人に食べさせるということは、ものすごいことなのだと思った。〔③一六七頁〕

「人に食べさせるということ」〔★4〕の力を感じつつ、雫石はそのような振る舞いを「主婦」や「母」といった「家族」における女性の役割に当てはめてみせるのであり、その結果、性別役割分業が肯定されることになる〔★5〕。

なお、雫石と楓が親子関係の比喩で語られることはこれまでもしばしばあったわけだが、ここでは「母」だけではなく、夫婦（＝「主婦」）の比喩も持ち出されている。雫石と真一郎との男女の恋愛とは別のものとして雫石と楓との関係が展開される余地があるかのように感じられた『王国』シリーズは、後半になるにつれて、「家族」の比喩を用いながら、徐々に〈あたりまえ〉とみなされる関係性へと向かっていくのである。

ところで、先ほども触れたが、『王国　その3』の文庫版あとがきによれば、このシリーズの大きなテーマとして「外側の自然と、そして自分の中の自然とつきあうということ」が掲げられている。「自然」の問題は、『王国　その1』から雫石の山での生活を通して扱われてきたが、『王国　その3』では高橋が作った庭に光が当てられ、雫石はその庭に「ものすごいエロス」〔③一〇二頁〕を感じる。また、『王国　その3』のラストで、片岡とともに台湾に行った雫石は、「激しい生命の力の渦」を世界にはきだしているような「緑の匂い」〔③一九六頁〕や「妙に生っぽい暑さ」のなかで、「世界とセックスする」イメージを抱く〔③二〇六頁〕。そして、かつての山の生活を思い出させる台湾の「自然」を背景に、雫石と片岡の間で、「家族」について、次のようなやり取りがなされる。


「あのさ……最悪の場合は、俺の子種で子供作ってもいいよ、気持ち悪くて目をつぶってもできないけれど、今は医学が発達しているから、いろいろ方法もあるし。」

片岡さんが言ったので、私はふきだした。

〔…〕

「でもいいじゃん、最悪の場合、そうやって子供を作って、みんなで育てようよ。」

なんだ、片岡さんがそうしたいんだな、と私は思った。もっともっと複雑な人だという印象があったので、驚いた。それでますます彼の良さを理解した。

淋しいんだ、やっぱり。楓と子供を持てないことが。そして、私は自分にはそれができることをとても不思議に思った。私にはまだぴちぴちの子宮や卵がある。別にほしくて持っているわけではないけれど、持っている。彼らには、ない。

　それだけで有利に思ってしまう女性がいてもおかしくはないほど、それは絶対的なことだった。

［③二〇八―二〇九頁］

片岡は「最悪の場合、そうやって子供を作って、みんなで育てようよ」と言うのである。「いろいろ方法もあるし」という片岡の言葉そのものには新たな「家族」のあり方やつくり方を模索するところがあるかもしれないのだが、それを受けて雫石は「私にはまだぴちぴちの子宮や卵がある。別にほしくて持っているわけではないけれど、持っている。彼らには、ない」ことを「絶対的」ととらえる。ここでは男女の身体の差異が「絶対的なこと」として強調されることになるのである。


　引用した雫石と片岡のやり取りだけではなく、『王国　その3』の中盤でも、雫石が楓に対して──楓や片岡以外の男性が相手として想定されてはいるのだが──「子供も産みます」と宣言し、その発言を受けて、楓も「いつかこの家をにぎやかにしておくれ。俺と片岡さんじゃ、何年間いっしょにいてどうがんばっても子供はできないから」と応答する場面がある。そこでは「ずっといっしょにいて、という願い」を二人が確認することに主眼が置かれてはいるのだが、その口実としてであっても、子どもを産むということがはっきりと語られているのである［③一四〇―一四一頁］。

　こうした一連の雫石の言葉を通して、『王国　その3』では女性が〈産む性〉へと収斂されるといえるのではないか。さらにいえば、女性＝〈産む性〉という結びつけが、『王国』シリーズのテーマである「自然」との共存と重なり合って、望ましい「自然」の形とみなされるようになるのではないだろうか。

『アナザー・ワールド』における「家族」

ゆがんだ「家族」の「奇妙なライフスタイル」？

『王国　その3』で前景化された「家族」の問題は、『王国』シリーズの番外編であり、完結編である『アナザー・ワールド』に引き継がれることになる。

『アナザー・ワールド』は雫石と、片岡ではなく、楓の子どもである片岡ノニという女性を一人称の「私」とした物語である。物語の現在では楓は死んでいるという設定なのだが、ノニは楓を「パパ」、片岡を「パパ2」と呼び、二人のパパ――楓と片岡――と一人のママ――雫石――と「家族」を構成する。ノニの語りにおいて、現在と、パパが生きていた過去が交差することになる。

よしもとばななはインタビューで「それぞれが、それぞれのゆがんだ立場なりに親であろうとした」物語として『アナザー・ワールド』のことを語っており［よしもと、二〇一〇、六頁］、作中ではノニもたびたび「家族」の〈ゆがみ〉について言及している。すなわち、「ちょっとゆがんだおとぎ話」と称される『王国』シリーズを特徴づけてきた〈ゆがみ〉が、最終的にこの「家族」の形に具現化するのである。ただ一方では、『アナザー・ワールド』のクライマックスでノニは「私たちはゆがんでいるかもしれないけれど、こんなときには少しもゆがんでいない。少しも変な目でお互いを見ない」〔④二一三頁〕とも述べている。雫石よりも規範的な人物として設定されているノニは〈ゆがみ〉を最終的には退けようともするのである。

二人のパパと一人のママで作られる「家族」は、一見、〈性の多様性〉を抑圧しない、新たな「家族」の関係性、〈クィア・ファミリー〉とでも呼べるものを表わしているかのように見える。しかし、その内実に新しさは見出せるだろうか。また、よしもとは『アナザー・ワールド』のあとがきに「奇妙なライフスタイル」〔④二三二頁〕と記しているが『アナザー・ワールド』の「家族」は「奇妙な《クィア》」ものなのだろうか。

テクストをたどってみると、楓は自身の死を間近に予期していたという設定であり、しかもノニのほうから「結婚」や「子供」の話を口に出したのではあるが〔④五八頁〕、まだ一〇歳のノニに向けて「君の子供も孫ももっと後の子供たちも、なんでもかんでも見たい。君に出会ってはじめて、人類がその祈りをずっと持ってきたことがわかったよ」〔④五九頁〕と次世代の再生産を求めている。

片岡は、雫石の悪口を言いつつも、「だれかにとことん受け入れてもらったのは、君のママがはじめてだった」〔④二一七頁〕とノニに対して述べ、その根拠として雫石が「母親」であることを挙げる。その直後に、片岡はノニに「別に結婚したり子どもを産んでつなげたりしなくてもいい」〔④二二五頁〕とも告げているのだが、生殖や次世代再生産が『アナザー・ワールド』の主題となっていることは間違いない。

そして、雫石は、ノニを産んだ後、楓を片岡に返し、薬草茶の作り手というよりは、あくまでもアシスタントの立場から「全ての時間をパパ〔＝楓――引用者補足〕に捧げて」〔④三四頁〕、楓を全面的にサポートする役割に徹する。ここに楓＝「パパ」を中心とした「家族」が完成する。

なお、『王国　その3』の「楓を好きな片岡さんが好きだ。楓の才能が好きだ。そしてそれを人びとが受け取るところを見るのが好きだ」〔③一五八―一五九頁〕という一節を踏まえると、雫石にとってのの出産は楓の「才能」を残し、伝えるためのものであったとも考えられる。ノニも「ママはパパに対して、なにがなんでもパパを残そう、それしか自分にできることはない、と本気で思ったに違いない」〔④一六五頁〕と推測している。『王国　その2』には、真一郎がサボテンの一部を根づかせて、「このあいだ死んだサボテンの子供」〔②一二四頁〕を作り、育て、雫石に渡す場面があるのだが、サボテンの名前を持つ雫石の生殖もサボテンのそれに近く、楓の一部をそのまま複製するという発想に基づいたものといえるかもしれない。

ところで、吉本ばなな／よしもとばななと「家族」という問題については、デビュー作の「キッチン」以来多くの議論がされている。

吉本ばななが描く「家族」を肯定的にとらえるものとして、たとえば、狩野啓子は「キッチン」に「血縁に依存する近代家族制度」の攪乱を指摘し、「近代家族制度に正面きって戦いを挑むのではなく、物語のなりゆきで血縁家族から疎外されてしまう存在〔＝みかげ――引用者補足〕を描く」吉本の手法を評価する。「読者は違和感なくみかげに共感」し、「血縁ではない、新しい家族を求めて、なにがいけないのだろうか?」」と「家族」の〈あたりまえ〉を再検討するようになるというのだ。「「キッチン」は、血縁とジェンダーを超える舞台を設定した上で、いまだに名づけられない新しい家族の可能性を追究した、実験的な小説であった」と「キッチン」の最後で言及される「夢のキッチン」の可能性が強調される［狩野、二〇〇六、一七〇、一七二頁］。

その一方で、吉本作品の「家族」の表象のされ方について、批判的にとらえる論も出された［★6］。「ばなな現象」の最中の一九八九年に、小倉千加子は吉本が描く「幸福」について、『哀しい予感』（一九八八年）を念頭に置きながら、「子供をどんどん産んで、カレーライスをいっぱい作ってやるというクラシックな家庭」とし、「新たなる行動に踏み出そうと出発するとき、幸福で古典的な家庭への回帰しかなかった……」と述べている［小倉、一九八九、一八二頁］。

また、斎藤美奈子は一九八〇年代後半に爆発的な人気を得た村上春樹と俵万智と吉本ばななを論じ、「新しい革袋に入った古い酒。表層をおおうポップなことばづかいと、その裏にひそむ演歌的な抒情性」、「規範に逆らっているようで、じつは制度を逸脱せず、心地よさげなオチをつけてまとめてしまう現状補完的な態度」とその共通点を指摘する。それゆえに、「文体（物語形式）の新しさに注目するか、お話（物語内容）の古さに注目するかで、彼らの評価は真っ二つに分かれた」というのである［斎藤、二〇〇二、八七、八八頁］。

これらの見解を踏まえつつ、『アナザー・ワールド』の「家族」のあり方を読みなおせば、確かに片岡とノニの関係性には「血縁に依存する近代家族制度」の攪乱が、二人のパパと一人のママによる

「家族」には「新しい家族の可能性」が幾分かは見出せるかもしれない。だが、そこから感じられるのは、そうした可能性やよしもとがあとがきで記すような「奇妙なライフスタイル」というよりも、小倉が述べるような「クラシックな家庭」や「幸福で古典的な家庭への回帰」に近いものではないか。ノニは『アナザー・ワールド』の終盤で天草の豊かな「自然」を背景に「私たち全員の孤独で薄く、でも柔らかくあたたかい関係」〔④二一四頁〕とこの物語の「家族」のあり方を肯定的に語るのだが、それもまた、斎藤が指摘するように、「規範に逆らっているようで、じつは制度を逸脱せず、心地よさげなオチをつけてまとめてしまう現状補完的な態度」といえるものなのではないか。

ミコノス島での「家族」と出会い

「別の場所へ行きたい」、「別の世界へ行きたい」〔④五頁〕という出だしで始まる『アナザー・ワールド』の冒頭は、世界屈指のゲイ・リゾートであるギリシアのミコノス島を舞台としている。ここにも経済の問題を除外したゲイ・リゾートの称賛という問題点があるのだが、『アナザー・ワールド』でミコノス島の風景は次のように描写される。

海際よりも少し店寄りの場所に席を取ったので、海に向かっているいろいろな国のいろいろな人たちの頭が静かな海面をバックにでこぼこなシルエットで見えていた。海に沈んで行く夕陽はまだ少し上にあった。光がどんどん赤くなってきて、人々はみなほほを赤くしているみたいに見えた。みんながゆったりとした薄着でなにか飲んで、おしゃべりしたり、寄り添ったりしている。男同士も女同士も家族連れもみんな夕陽が沈んでいくのを待っていた。〔④一五頁〕

「いろいろな国のいろいろな人たち」、その組み合わせとしても、「男同士も女同士も家族連れも」ともに「ゆったり」と過ごす島の様子が感じ取れる。なお、作中には「ここにいるみんなに等しく夕陽はその美しさをさらしていた」〔④一七頁〕という一節もあるのだが、ミコノス島では「夕陽」がさまざまな人びとをつなぐ役目を果しているることがうかがえる。ノニとキノの関係性の出発点にも「いっしょに夕陽を見」〔④一〇―一一頁〕るということがあった〔★7〕。

ミコノス島はノニにとって楓が生きていた時期の「幸せな家族」〔④一一頁〕の思い出の地である。ノニは次のように自身の「家族」について語る。

パパ2も、ママも、多分パパも、ゲイであることや占い師であること、日本だけで仕事をしているのではないことなどで、日本ではずいぶんといろいろな目にあっていた。日本にいるときに彼らが幸せでいられたのは、多分、パパの家がある小さな街でだけ。だから、わざわざそんなふうに毒づいていたのだろう。

ミコノス島にいると、実質上は夫婦であるパパとパパ2が、日本にいるときよりもリラックスしているのがわかった。ふつうに手をつないだり、肩を抱いたり、買い物をしながら寄り添い合ったりしているのを見ていると、私自身の感覚が少しおかしいのかもしれないけれど、とても自然に思えて気持ちがなごんだ。

日本ではふたりは、隠す意識のほうが強くて、外を歩いているときまるで単なる友達か介添えの人みたいだったのだ。表情も固いし、会話もあまりしない。日本はいやだ、外国はすてきなんて単純なことは子供の時分でも思わなかったけれど、パパとパパ2が夫婦であることの自然さを見るのは、そこにママを自然に入れてあげているのを見るのは、大好きだった。［④三八―三九頁］

二人のパパと一人のママによる「家族」を「私自身の感覚が少しおかしいのかもしれないけれど」と留保をつけながらも、ノニは「自然」であると繰り返す。こうした留保からもノニが規範的なキャラクターとして設定されていることが読み取れるのだが、パパとパパ2を「実質上は夫婦」とみなし、中心化して、「そこにママを自然に入れてあげている」という発想も、パパとパパ2が男性同士のカップルだというだけで、「夫婦」を中心とした既存の「家族」の関係をなぞっているように思われる［★8］。

また、「日本ではずいぶんといろいろな目にあっていた」、「ミコノス島にいると、実質上は夫婦であるパパとパパ2が、日本にいるときよりもリラックスしているのがわかった」というように楓や片岡が日本社会で感じるストレスにノニは自覚的ではあるのだが、テクストではゲイのパラダイスとしてのミコノス島のほうが強調される。そこでノニはキノという日本人男性に出会うのである。ちなみに、『アナザー・ワールド』の冒頭で、ノニはキノにパパ、パパ2、ママという三人の親すべてのイメージを見出している。

性の流動の果てに

「流れて変わっていくということ」

ノニとキノの出会いも、雫石と楓のように、あるいは、「キッチン」や「満月」のみかげと雄一のように運命的なものである。しかも、生前のパパ（楓）の予言の通りに出会ったため、ノニはキノのことを「私の過去からやってきた懐かしい宿命の亡霊」［④七三頁］とみなす。そして、出会ってすぐになぜか「男でも女でも関係ない」というような「自由な感覚」［④八九頁］を共有し、互いに完全に理解し合い、「新婚さんというよりは老夫婦のよう」［④一四四頁］なつながりが築かれるのである。「老夫婦のよう」だという点では、雫石と真一郎のカップルとも重なる。

ゲイ・リゾートのミコノス島で出会ったことから、ノニはキノのことをゲイではないかと思う。だが、キノには死別したマリという名前の妻がいた。二人の間では、次のようなやり取りがなされる。

「ねえ、ところで、あなたは、ゲイなの？　奥さんがいるのに？」

私は言った。

「だって、失礼かもしれないけれど、あなたといても、そしてこんなふうに宿泊に関する話なんかしているときでも、男の人といる感じが全然しないのよ。」

「それが、複雑なんだ。僕、どう見てもゲイに見えるでしょう。」

キノは言った。

「うん、正直言ってそう。」

私は言った。

「それに服装も繊細すぎる。そんなきれいな色の服を組み合わせて、すね毛もないし。」

「でしょう。」

キノは言った。

「実はもともとは、そうだったんだ。思春期からずっと男にしか興味がなかった。でも、そこにさっそうと妻が現れて、僕は男よりも男らしい、獣のような彼女にほんとうに夢中になってしまい、それ以降もう、男とも女ともつきあっていない。だから今自分がなんなのかほんとうにわからないんだ。」〔④八九―九〇頁〕

キノは「どう見てもゲイに見えるでしょう」と言い、かなり表面的なゲイのイメージを並べるノニの返答にも違和感を覚えていない様子で、かつてゲイであったが、マリに夢中になって以来、自分自身がわからない状態だという。

一方で、ノニに関しても、次のようなやり取りが展開する。

「君は、どうなの？　ほんとうに男性が好きなの？　こちらからもそういうふうに見えにくいけど。」

あまりにも普通に聞かれたので、さらっと答えてしまった。

「私はこれまで、女性としかつきあったことがないの。しかもたったひとりとしか。その人と、今、別れたばかりなの。あいまいな別れなので、もやもやしているんだけれど。」〔④九一―九二頁〕

ノニの語りからは女性同士が付き合うことや、そのことを口に出すことが「普通」ではないというニュアンスも読み取れるのだが、ノニは「これまで、女性としかつきあったことがないの」と告げる。その女性とは、ノニが小学生の頃にキャンプで一緒に幽霊と死体を見るという経験を共有したサラのことであり、別れたばかりである。要するに、ノニもキノも性的なアイデンティティが揺れ動いている、混乱している状態にあるといえよう。

なお、「私とサラは〔…〕あの夜の中にうごめいていた空気の全てを通じて分ちがたく結びつけられてしまった」〔④一二〇頁〕という一節が示すように、ここにもオカルティズムと女性同性愛を関連づけるよしもと作品の特色が指摘できる。サラは幽霊の気配を感知することができ、ノニにとっては

「奇妙な魅力」〔④一八九頁〕をたたえる存在であった。ノニはサラに「ママの面影」〔④一一六頁〕を見て、ノニ自身の「家族」とも共通する〈ゆがみ〉を感じるのだが〔④一八九頁〕、それはノニの錯覚に過ぎず、サラは金持ちの男性と結婚することになり、二人の関係は終る。

ノニはサラとの別れについて、次のように語っている。

このすてきな鳥かごの中に、怠惰で美しくただれて甘くしおれていくものが好きな似た者同士のご主人と彼女は安息の地を見つけ、私は別の世界の扉をあけた。どちらがいいとか悪いとかそんなものはない。また出会うこともあるかもしれないし、ないかもしれない。私が考えることではない。ただ生きていくだけ。生きていくっていうのはきっと、流れて変わっていくということなのだろう。そして植物が何回枯れて代が替わろうと同じ種類の種は同じ種類の葉を出し同じ花をつけるように、私が私であるたったひとつの命の芯みたいなものが、きっと生きていくということのなかにだけあるのだろう。〔④一九六頁〕

「私が私であるたったひとつの命の芯みたいなもの」による自己肯定と自らとは異なるものの容赦のない排除は、雫石からノニに語り手を変えても、『王国』シリーズを規定するものである。

この一節でノニは、サラとの決別によって、「別の世界の扉をあけた」というのだが、ここでは「流れて変わっていくということ」が重視される点にも注目したい〔★9〕。それはノニが幼少期から

「移動ばかりしてい」［④一一五頁］たことや、物語のなかでミコノス島、沖縄、スペインのランサロテ島、天草とノニが次々と旅をするということだけではなく、先ほど引用したノニとキノのやり取りにあるような、二人のセクシュアリティの流動性をも特徴づけるものであるだろう。換言すれば、さまざまな性を生きる人びとがつながるだけではなく、一人の人間のなかにもさまざまな性が存在し、流動しているということである。

〈性の流動性〉についていえば、ノニやキノ、あるいは、雫石と子どもを作った楓だけではなく、シリーズにおいて一貫して「ゲイ」と明確に規定される片岡に関しても、「魔女の家系のサイキック」の女性をかつて「本気で好きだった」というエピソードが『王国　その3』で語られている［③一四七頁］。

『王国　その1』には雫石の祖母の台詞として、ゲイについて「そういうふうに生まれついてしまったのだから、それを受け入れて生きていくしかない」［①八〇頁］という一節があるのだが、その前提になっているような固定されたマイノリティとしてのゲイという考え方は、シリーズが進むにつれて変容することになるのである。このような性の流動は、フレキシブルな性のあり方といいかえることもできるだろう［★10］。そうなると、クリエイティヴィティだけではなく、性のフレキシビリティによっても、『王国』シリーズの登場人物たちにはネオリベラルな価値観との親和性が指摘できるのである［★11］。

性の流動の果てに描き出されるもの

それでは、『アナザー・ワールド』で、性の流動の果てに実現する世界はどのようなものだろうか。ノニとキノの間柄は、ノニとサラがそうであったような「性が中心の関係」〔④一六六頁〕ではないことが強調される。性を中心としたサラとの関係がノニをつねに「不安」〔④一六七頁〕にしていたのとは対照的に、キノとの関係は「リラックス」〔④一六六頁〕できるものであることも語られる。さらに、ノニはキノの亡くなった妻であるマリのことも「気高く、強く、美しい」〔④一七〇頁〕と形容し、雫石との共通性を見出しながら、「豊かな人」〔④一七一頁〕と称え、「少し恋したように」〔④一七八頁〕さえなる。

その一方で、サラやその結婚相手は「怠惰で美しくただれて甘くしおれていくもの」と結びつけられ、その退廃が強調される。「祖母やそれに付随するものに同一化を図ると同時に、対立項を設定し差異化を図ることでさらに自己のアイデンティティを強化する」〔大橋、二〇一四、五二頁〕という雫石のやり方は、ノニにも継承されているのである。

このように、理想的なものとして提示されるノニとキノの関係であるのだが、「君の子供も孫ももっと後の子供たちも、なんでもかんでも見たい」という楓の言葉を反復するかのように、ランサロテ島の夜明け、「うるさいほどの鳥の声」〔④一六一頁〕を背景に、ノニはキノと次のようなやり取りをする場面がある（最初はキノの台詞である）。

「でも、そのあとの世代は？　大丈夫だろうか？　鳥や蜂を知らなくても、人間って生きていけるのだろうか？」

私は手をぎゅっと握った。言葉は自然に口から出た。そしてママが私を産んだ気持ちが生まれて初めてほんとうにわかった。サラが私から離れた気持ちも。そうか、好きな人ができるってそういうことなんだ。

「私、あなたの子供を産むよ。その子に見てもらおう。その先の世界を。」〔④一六三—一六四頁〕

「私、あなたの子供を産むよ。その子に見てもらおう。その先の世界を」という言葉が示すとおり、ノニとキノの中心に置かれるのも性よりも生殖である。そして、『王国』シリーズの大きなテーマである「鳥や蜂」などの「自然」との共存ともあいまって、ノニの言葉が「自然に口から出た」という一節が示すように、ここでも女性の性が「自然」なこととして〈産む性〉に収斂されるのである。そうなると、ノニとキノには性の流動が見出せるとしても、流れていく先に見えるのは、やはり異性愛に基づいた「クラシックな家庭」（小倉）であり、それもまた「現状補完的」（斎藤）な展開になるといえるのではないか。

ノニとキノの揺れ動く性的なアイデンティティのあり方を通して、境界線の明確な、固定されたマイノリティとしての同性愛者という位置づけが問いなおされることになり、一見、性規範が攪乱され、変容するかのように見えるわけだが、そこにおいても、性の流動が行き着くところは男女の結びつきであり、生殖なのである。つまり、既存の性規範は維持されることになるのである。

女性同性愛の不可視化

アイデンティティと行為

ここでもう一度『アナザー・ワールド』の「家族」についてまとめてみると、「子種」を提供し得る楓や片岡といったゲイ男性、あるいは、キノのような「もともとは、そう〔＝ゲイ――引用者補足〕だった」という男性は、雫石やノニといった女性と性を中心としない関係を結ぶという点でむしろ重宝され、「家族」に包摂される。一方、雫石やノニといった女性は最終的には〈産む性〉に限定され、「母親」としてゲイ男性やかつてゲイであったという男性を、その〈性の流動性〉をも含めて（キノ）、あるいは、ゲイ・カップルという形態のままで（楓と片岡）受け入れることになる。

『アナザー・ワールド』の最後では、天草の豊かな「自然」を背景に、片岡とノニの「柔らかくあたたかい関係」が描かれており、そこで片岡は再生産に加わらないことを「男の同性愛者の持つ社会的コンプレックス」［④二二一頁］というのだが――もちろん、この考え自体が生殖を絶対視し、ヘテロセクシズムに基づいたものである――、そのような「コンプレックス」を〈産む性〉である雫石、さらには、ノニが補うことになるのである。

しかしながら、そうした「家族」に女性同士のカップルが存在する余地はなさそうである。ノニとサラの関係に注目してみると、物語の展開に従えば、男性と結婚したサラのほうがノニから離れていったということになるのだが、二人の関係は「肉体的にも精神的にもサラが求めてくるときだけの関係だった」〔④一六七頁〕、「彼女にとっても私は、退屈なときに寝てくれる体のすみずみまで知り尽くした便利な幼なじみというふうに、私の居場所はすっかり変わっていた」〔④一九五頁〕などとノニによって回顧され、特に性的な側面が強調される。結局、性を中心としない理想的な「家族」のつながりにノニとサラとの「性が中心の関係」〔④一六六頁〕が受け入れられることはなく、抹消されてしまうことになるのである。

ミコノス島の風景として、『アナザー・ワールド』の前半には「男同士も女同士も家族連れもみんな夕陽が沈んでいくのを待っていた」という一節があった。だが、この作品を通して「男同士」のカップル――パパとパパ2――と「家族連れ」は可視的に語られるのに対して、ノニとサラの関係が作中に記されていたにもかかわらず、最終的には「女同士」のカップルは見えなくなってしまうのである。

ノニの性の流動についても指摘したわけだが、そもそも『アナザー・ワールド』には「レズビアン」というアイデンティティを持つキャラクターは登場しない。ノニもサラも自身のことを「レズビアン」であるとは自認していない様子である。作品の終盤で片岡はノニのことを冗談めかして「仮性レズ」〔④二〇四頁〕と呼ぶのだが、それは他称であり、しかもあくまでも一時的なものとしての「仮性」という言葉が付けられている。「パパ」となっても、「自然」にカップルの形態を維持し、「ゲイ」

であることを自認し、そう呼ばれる楓と片岡や、過去形であっても「実はもともとは、そうだったんだ」と自分自身について述べるキノといった男性キャラクターとは対照的である（ノニはキノに「ゲイなの？」と尋ねるが、キノはノニに「レズビアンなの？」という聞き方もしていない）。一方で、「自然なこととして、ふたりの関係にはセックスが取り入れられていっただけという感じだった」［④一一五頁］とノニはサラとの性行為については「自然」なこととして語る。

このように女性同士の関係性が、特定のアイデンティティではなく、行為に立脚して表象されるという点、セジウィックの言葉を借りれば、マイノリティ化の見解ではなく、普遍化の見解に基づいているという点は、村上春樹の『１Ｑ８４』や、川上弘美の『クウネル』掲載作品の女性同性愛表象にも重なるものである［↓本書二七―二九頁、八四―八七頁］。

二つの差別の軸が交差した地点で

よしもとばななは実際にミコノス島を訪れており、その時のことを「ミコノスの思い出」というエッセイに綴っている。そこには次のような一節がある。

私はそこにゲイの友達たちといっしょに遊びに行った。彼らがふだんよりもずっと明るい表情でのびのびとくつろぐ様子を見て、いかに彼らが日常の中で目に見えない社会的な圧を感じているのか少しだけわかった気がした。それはちょうど私が女だから、作家だから、普通の生活をし

ている人ではないから感じている圧と同じような感じがした。［よしもと、二〇〇八、二七六頁］

ここでは日本社会でゲイ男性が感じている異性愛主義の抑圧と女性が感じている性差別の抑圧の関連性も示されている。それは『王国　その2』で「僕、オカマだからかなあ［…］いかにも男社会的な考え方は嫌いなんだ」と「オカマ」という立ち位置から「男社会」への違和感を表明する楓の発言とも重なるものである。竹村和子がイヴ・コゾフスキー・セジウィックのホモソーシャル理論を引きつつ、「異性愛主義と性差別は別個に存在しているのではなく、近代の性力学を推進する言説の両輪をなすものである」［竹村、二〇〇二、三七頁］と指摘するように、性差別と異性愛主義の接点が「ミコノスの思い出」や『王国　その2』からは見出せるのである。

しかしながら、あるいは、だからこそ、『アナザー・ワールド』に見られるつながりのもとでは、ゲイ男性と女性による「家族」が描き出される一方で、異性愛主義と性差別の抑圧が交差するところに位置する女性同性愛が消えてしまうのではないか。堀江有里はレズビアンの不可視性について、次のように述べている。

レズビアンは、存在しないものとされてきた。異性愛主義と男性中心主義というふたつの規範は、それぞれ、異性愛／同性愛、男／女という二項対立をうみだし、いずれのカテゴリーにおいても後者――「同性愛」と「女」――にしるしづけをおこなってきた。異性愛ではないもの（＝

逸脱）、男ではないもの、として。しかし、二重のしるしづけがされているはずのレズビアンは、ふたつの軸が交差した地点で、不可視化する。［堀江、二〇一五、三二八頁］

「異性愛／同性愛、男／女という二項対立」双方で有徴化されるレズビアンは、異性愛主義と男性中心主義という二つの差別の軸に引き裂かれ、見えなくなってしまうのである［★12］。ミコノス島のようなパラダイスをことほぐ前に、この点に立ち止まる必要があるだろう。ノニとキノの理想的な関係と対比的に言及されるノニとサラの関係のほうに着目して読みなおしてみると、『アナザー・ワールド』という作品が女性同性愛の不可視化や抹消という問題を内包していることが明らかになるのである。

『王国』シリーズを読むこと

以上、よしもとばななの『王国』シリーズを読んできた。もう一度論点を確認してみると、『王国　その1』から『王国　その3』までは雫石を一人称の語り手とし、雫石の町での生活の経験を通して、ゲイ男性の楓をはじめとした、「才能」豊かな「はずれもの」たちの「つながり」が描き出された。雫石自身を含め、一見すると経済にも疎いような「はずれもの」たちは、実際のところはネオリベラリズム体制とも相性がいいクリエイティヴな人びとであった。

『王国　その2』では、そうした人びとの「個性」がさまざまな色の「光」にたとえられ、「ああ、なんと愛しいことだろう、それぞれ違っているからこそ」とその色彩の差異が讃美され、そこからは〈性の多様性〉の祝福も読み取ることができた。しかし、「個性」という言葉が示すように、〈個人的〉なものとされた差異の祝福には、「現実の社会に存在している力関係」〔風間、二〇〇九、一一一頁〕から目をそらす「甘い罠」になり得る危険が伴うものでもあった。それに加えて、さまざまな色の重なりや差異が祝福されるにもかかわらず、『王国　その3』以降では、性差という一つの差異や「家族」における性役割が強調される方向へと進み、雫石は〈産む性〉に限定され、『王国　その2』でことほがれたはずの〈性の多様性〉を骨抜きにする展開となった。

一方、雫石と楓の娘であるノニを一人称の語り手とした、シリーズの完結編であり、番外編である『アナザー・ワールド』は『王国』シリーズで徐々に前景化してきた「家族」の問題を引き継いでいる。よしもとは『アナザー・ワールド』の単行本のあとがきで、性に特化して語ったことではないものの、「これからしばらくは大変な時代が続くだろう」、「生きていくのが困難になるのではないか」〔④二三二頁〕と述べている。だからこそ、さまざまな人びとを受け入れ——といっても、経済的な問題はあらかじめ除外されたうえでの話なのだが——、あたかも〈性の多様性〉がすでに実現しているかのように見える、パラダイスのようなミコノス島を筆頭に、沖縄、ランサロテ島、天草と舞台をかえて——ただし、各地の歴史や政治の状況は捨象され——、ノニとキノの運命的な結びつきやノニの「家族」の「柔らかくあたたかい関係」が描き出されたのかもしれない。

さらに、『アナザー・ワールド』には「生きていくっていうのはきっと、流れて変わっていくということ」という一節があったが、この作品からはノニやキノを中心に、一人の人間のなかの「流れて変わっていく」性のあり方、〈性の流動性〉も読み取れた。そこには、固定されたマイノリティというあり方を崩し、「異性愛／同性愛、男／女という二項対立」［堀江、二〇一五、三二八頁］にも絡め取られない関係性や新たな「家族」の可能性の模索という側面は確かにあっただろう。「パパ」の世代である楓や片岡――二人の間にも年齢差があるのだが――と比べても、アイデンティティの枠からもより「自由」なあり方がノニの世代には託されているようにも思われる。「自由」も『王国』シリーズ、とりわけ『アナザー・ワールド』のキーワードであり、二〇一二年に書かれた文庫版のあとがきでも「この未曾有の困難な時代」に読者が「ちょっと自由な気持ちになれた」と思ってくれることが期待されている［④二三六頁］。

だが、『王国　その3』同様、『アナザー・ワールド』でも、流動の果てにはノニがキノと結びつき、生殖に向かうことが予想された。そこから見えてくる性や「家族」のあり方は「クラシック」で、「現状補完的」なところに着地するものに他ならない。換言すれば、結局のところは既存のジェンダー／セクシュアリティ秩序を脅かすことはないものなのである。しかも、「ああ、なんと愛しいことだろう、それぞれ違っているからこそ」という表現の仕方で〈性の多様性〉が祝福されていながらも、『アナザー・ワールド』の「家族」は女性同性愛を不可視化し、抹消するものであり、ノニが讃美する「家族」の「柔らかくあたたかい関係」のもとでは、「異性愛主義と男性中心主義というふたつの規範」［堀江、二〇一五、三二八頁］の問題性は曖昧になってしまったのである。

このように『王国』シリーズの論点をまとめることができる。これらの論点を踏まえたうえで、『アナザー・ワールド』のあとがきの言葉を再び借りると、〈いま・ここ〉が「大変な時代」であり、「困難」が続くのであれば、なおさら、「アナザー・ワールド」に行く前に立ち止まって、〈いま・ここ〉にある問題を一つひとつ考えていくことが大切なのではないか。『王国』シリーズを読むことは、そうした問いなおしの必要性を強く再認識させてくれるものである。

＊よしもとばなな『王国』シリーズからの引用は、『王国 その1 アンドロメダ・ハイツ』（新潮文庫、二〇一〇年）、『王国 その2 痛み、失われたものの影、そして魔法』（新潮文庫、二〇一〇年）、『王国 その3 ひみつの花園』（新潮文庫、二〇一〇年）、『アナザー・ワールド 王国 その4』（新潮文庫、二〇一二年）による。本文中にはそれぞれの巻に対応した形で①〜④と頁数を記した。

注

［★1］ クリエイティヴ産業とは、英国の定義によれば、「個人の創造性やスキル、才能を基礎とし、知的財産権の生成と開発を通して、富と雇用のポテンシャルを有する産業」のことであり、日本の経済産業省などは明確には定義していないものの、「ファッション、食、コンテンツ、地域産品、住まい、観光、広告、アート、デザイン」の九分野を挙げている［後藤、二〇一四、五八頁］。

［★2］ さらに、語り手を雫石からノニに変えた、シリーズ最終巻の『アナザー・ワールド』の最後でも、天草のイルカの様子について描くなかで、「ふらふらして、なにもかもが、だれもが、ねばねばとどこかしらでつながって、ひっぱりあって、大きな器の中で漂う世界」［④二二九頁］について肯定的に言及する一節がある。『王

国 その2』で展開された人びとの「光」の「つながり」とは『王国』シリーズ全体を貫くテーマであることも再確認できる。

［★3］ 真一郎は雫石にとっては「親」のような存在であったとしても、真一郎自身は当初「かなり年上の奥さん」〔①九八頁〕と結婚しており、雫石と別れた後にも、高校時代の同級生であった高橋の義母という年上の女性をパートナーとすることは印象的である。そこからは雫石が自身の「親」であるかのように描く像とは別の真一郎の姿が垣間見える。

［★4］ 「人に食べさせるということ」と「母」に関して、『王国 その2』の最後には「市場」が「お母さんたちが集うところ」で、「生命をつかさどる台所に直結した場所」だという一節がある〔②一五一頁〕。つまり、「台所」と「お母さん」がつながれるのである。よしもとばななと「台所」といえば、『キッチン』がすぐに思い起こされる。『キッチン』では、「心の中で、あるいは実際に。あるいは旅先で。ひとりで、大ぜいで、二人きりで、私の生きるすべての場所で、きっとたくさんもつだろう」とさまざまなあり方を許容する複数の「夢のキッチン」〔吉本、一九九八a、六二頁〕の可能性が展開されるわけだが、そこから『王国』シリーズの「母」と結びつけられたステレオタイプ的な「台所」は遠く隔たっているように思われる。もっとも、本章でも参照するように『キッチン』の段階から吉本が描く「家族」の保守性を批判する考察も出されていた。

［★5］ よしもとばななが二〇〇九年に発表したエッセイ『ごはんのことばかり100話とちょっと』でも、「ごはんのこと」を語るなかで、「性差」に言及するエピソードがある。よしもとは、「私は性差別が嫌いだけれど、よく男の人が外であうような目（意地悪される、だまされる、負けて損する、交渉が決裂する）にあうと、男の人のように攻撃的ではいられない自分を見つける。攻撃的に攻めていって勝ち負けするというゲームのようなものに何の価値も見いだせないのだ。しかし男であると、たとえそれが繊細な、オカマの人であっても、勝ち負けの中に楽しみを見つけるように思う」と述べ、一方で、自身については「どんなにがさつな自分でもやはり女性で、相手を見て必要としているものを与える機能、世話する機能はやはり男の人よりも発達していると思う」と続ける。そして、「これこそが性差というものなのだな、と思わずにはいられない。素直に認めていいと思う違いだし、認めるととても楽になると思う。男女がお互いに」と「性差」が肯定される。さらには、

「人にお酒をついでもらったり、お皿に何かを取り分けてもらうと、それだけでもう嬉しいしおいしい」という男性の友人の発言を引きつつ、「ばりばりの男社会をリタイヤした私は、今ではお母さんになって、彼らの要求に容易に応えてあげることができる」とまとめている［よしもと、二〇一三、六六―六七頁］。楓ともどこか重なる「繊細な、オカマの人」という表現――もっとも、『王国　その2』で楓は「オカマ」という立ち位置から「男社会」への違和感を表明してもいたが――も含め、性差の強調と、ステレオタイプ的な女性役割を本質的なものとして語るという問題はこのエッセイでも顕著である。

［★6］『キッチン』の「家族」に関して、上野千鶴子は「吉本ばななの小説では、「食事シーン」が「ベッドシーン」にとってかわっている。「ベッド」の代わりに「食卓」でつながる家族、「血縁」を超えたこの拡大家族は、「食縁家族」とでも呼ぶべきだろうか。［…］擬似家族が〈家族〉としてうまくいくには、なにやら、内部で性を抑圧することが不可欠なような気がしてくるのは、なぜだろう。内部に性をかかえこんだ擬似家族の実験は、これまでにいくつも崩壊した。［…］性をどうとり扱うかは〈家族〉の永遠の課題だが、吉本ばななはこの問いを、ただ避けて通っているように見える」［上野、一九九二、三一、三三頁］と批判的に述べている。この上野の見解にはいくつかの反論も出されたのだが、性より生殖が中心化されるような『王国』シリーズの「家族」についても、その問題性を照らし出すものであるように思われる。

［★7］人びとをつなぐものとしての「夕陽」の役割は、『王国』シリーズの序盤にも見られるものである。『王国その1』で雫石と真一郎が出会ったのは「夕陽」［①九六頁］の時刻であり、また、楓は雫石との関係が「いい感じ」のものであるたとえとして「夕焼け」［①一一八頁］を引き合いに出している。

［★8］ここではミコノス島で楓と片岡が「寄り添い合ったりしている」様子について言及されているが、ミコノス島で夕陽を待っている人びとも「寄り添ったりしている」と表現されていた。障害をもった楓をケアする描写は『王国』シリーズに散見されるが、『アナザー・ワールド』では〈寄り添う〉ということが人びとの関係性を規定するものになっているといえるかもしれない。あとがきにもよしもとは「この小説が読者に寄り添えたらと思う」［④二三二頁］と記している。

［★9］この一節だけではなく、『王国』シリーズを通して、生きることは「流れ」と結びつけられて語られている。

たとえば、『王国　その2』では雫石の祖母の「流れ流れていつでもどこかに行きたい、ここではないところにいつだって流れていきたい」[②五七頁]という思いが示されており、『王国　その3』でも雫石が「私が生きていることが、今、どういう流れの中にあるのかをはっきりと理解した」[③一八頁]と述べている。

[★10]　フレキシビリティは、ネオリベラリズムとの関連で近年のクィア理論においても重要な論点になっている。この点については、井芹真紀子の論文「フレキシブルな身体――クィア・ネガティヴィティと強制的な健常的身体性」(『論叢クィア』第六号)に詳しい。「性や身体、欲望に関わる諸規範に抵抗し、攪乱し、さらにはそれを変容へと導く力としての柔軟性や流動性、可動性を肯定的に評価してきた」クィア理論のなかで、「〈フレキシブル〉であることは必ずしも反規範的な特質としてのみ機能するとは限らないこともまた、明らかにされてきた」という井芹の指摘は非常に重要である[井芹、二〇一三、三九頁]。

[★11]　明確な輪郭を持った、固定された性的マイノリティとしてのゲイという見方はネオリベラルな〈性の政治〉の基盤にあるものだが[→本書二五頁]、それと相反するはずの〈性の流動性〉のほうも、そこに見られるフレキシビリティはネオリベラリズムとの親和性が高い。つまり、どちらにしてもネオリベラリズムに取り込まれる可能性は小さくないということである。だからこそ、二者択一的なアプローチではなく、何がどう問題となるのかについて立ち止まって考える必要があるだろう。

[★12]　もっとも、近年の「LGBT」の「可視化戦略」のなかでは、女性同性愛の可視性について変化が生じていることにも堀江は触れている[堀江、二〇一五、三二九頁]。特に同性パートナーシップを扱った報道では女性同士のカップルが可視化される傾向にある。

終章　着地点としての「家族」

本書では、これまで村上春樹の「偶然の旅人」、川上弘美の〈杏子と修三シリーズ〉、よしもとばなの『王国』シリーズのゲイ表象を読んできた。ここで改めて考えてみると、いずれの作品でも、ゲイ男性が表象される過程で、その着地点であるかのように、「家族」というテーマが浮上していた。本書のまとめにかえて、「家族」の問題についてもう一度注目したい。

第一章で取り上げた「偶然の旅人」は、かつて仲違いをしたゲイ男性の「彼」と「彼」の姉が「偶然に導かれた体験」を通して和解する物語であったが、二人の仲違いのきっかけには、「彼」のカミングアウトとそれに続くアウティングが「彼」の「家族」に「波風を立て」、さらには、姉の結婚話が危うく破綻しそうになったということがあった。一方で、物語の現在における「彼」は、「姉」の「家族」――義兄、甥や姪――とも良好な関係を築き、そのうえで、乳癌の手術をひかえた「姉」の不安を繊細に読み取り、「姉」を癒し、支える役割をこなすようになる。そこにはかつての「彼」のカミングアウトをあたかも「彼」の側の過失であるかのようにみなした「家族」に対する批判的な眼差しは見られない。そもそも、「現在のパートナーと巡り合ってもう十年近く、穏やかで不満のない性的関係を維持している」と説明される「彼」とパートナーの男性との関係も異性愛規範に基づいた社会が想定する「家族」のあり方に近いものであった。

続く第二章で目を向けた〈杏子と修三シリーズ〉の修三は「お母さんをとても大切にして」おり、修三の母親を語り手とする「はにわ」では、修三がゲイであることに対する、母親の「じたばた」を敏感に察し、彼女との間の「ぎこちなさ」を解消すべく、機転をきかせることになる。カミングアウトによって「家族」が直面した混乱をゲイ男性の側が巧みに振る舞うことで軽減させるという展開は「偶然の旅人」の「彼」とも共通しているだろう。この作品でも異性愛規範に基づいた「家族」に内在する抑圧性や差別性がほのめかされることはあっても、それが問いなおされる気配はないのである。なお、第二章でも述べたように、杏子からの「恋の相談」においても異性愛規範が俎上にのせられることはなかった。

「偶然の旅人」と〈杏子と修二シリーズ〉で浮上する「家族」についてまとめれば、規範的な、あるいは、保守的といってもいい「家族」とゲイ男性との衝突が物語の出発点に置かれつつも、それがゲイ男性の側の自己責任であるかのようにとらえられ、ゲイ男性の機転によって折衝へと向かうという流れが見出せるのである。結果的に既存の「家族」のあり方が再検討されることはなく、ゲイ男性は危機に陥った「家族」――ヘテロセクシズムを強く内面化し、それゆえに危機に陥る役は「家族」のなかでも女性に割り振られているという点でも両者は共通している――を支え、回復させる役割を果たすことになるのである。

それに対して、第三章で論じたよしもとばななの『王国』シリーズ、特に番外編の『アナザー・ワールド』で描かれる「家族」は、楓と片岡という二人の父親――ゲイ・カップルである二人――と一人の母親（雫石）、そして、一人の子ども（ノニ）によって構成されるもので、一見、異性愛規範に基づいた「家族」を揺らがすかのように見える。それは作者が「奇妙なライフスタイル」と称するものでもあった。だが、『アナザー・ワールド』の「家族」にも、『王国』シリーズの後半から前景化してきた性別役割分業や生殖というテーマは受け継がれており、雫石やノニといった女性はあたかもそれが「自然」なことであるかのように、〈産む性〉に限定されることになる。また、テクストではノニやキノを通して性が流動するものとして描かれていながらも、結局のところ、ノニとキノのカップルの行き着く先に見えてくるのは、「私、あなたの子供を産むよ。その子に見てもらおう。その先の世界を」とノニが述べるように、「奇妙なライフスタイル」というよりも、次世代再生産を基盤とした「現状補完的」〔斎藤、二〇〇二、八八頁〕な「家族」のあり方であり、「現実の社会に存在している力関係」〔風間、二〇〇九、一一一頁〕を不可視化し、維持するものであった。

さて、このように本書の最後で改めて「家族」に焦点を合わせる理由としては、昨今の性的マイノリティの可視化においてまさに「家族」がしばしば問題になっているということがある。本書の出発点で取り上げた二〇一五年の「渋谷区男女平等及び多様性を尊重する社会を推進する条例」が「同性カップルを「結婚に相当する関係」と認めて証明書を発行する条例（案）であったため、それに関連した報道を契機として、同性カップルを地方自治体が承認する動きに反対する側も賛成する側も「家族」に光を当てることが多くなった。

こうした動きに懸念を示す見解としては、たとえば、自民党の谷垣禎一幹事長（二〇一五年当時）は条例が可決される前の三月一〇日の記者会見で、「自分は、伝統的な価値観の中で育っており、自分の価値観に従って述べてよいかどうか、非常に迷うところだ」と断わり、「家族関係がどうあるかというのは、社会の制度や秩序の根幹に触れてくるものだ」と続ける〔★1〕。この発言からは、同性カップルによる「家族」が「伝統的な価値観」には抵触するという認識がうかがえる。このような認識への反論として、「偶然の旅人」や〈杏子と修三シリーズ〉で繰り広げられる、既存の「家族」を揺らがすこともなく、それどころかその「家族」を支えるゲイ男性の表象には幾分かの効果が見出せるだろう。しかし、このことは見方を少し変えれば、「ベテランのゲイ」や、「人生の達人」といった社交術を身につけた――ホモノーマティヴな――ゲイ男性が、谷垣が述べるところの「社会の制度や秩序」の内部に入り込んでいくことに他ならず（それも容易なことではないが）、「伝統的な価値観」とは何か、あるいは、その「伝統的な価値観」が抑圧し、排除するものは何かといったまさしく「根幹」的な問題は不問のまま温存されることになるのである。

一方、肯定的に評価する見解においてもしばしば「家族」が強調されている。たとえば、渋谷区のパートナーシップ証明書「交付第1号の2人」である増原裕子と東小雪は二〇一五年一一月二一日の『毎日新聞』夕刊一面の「ひと　2015　はばたいて」という特集［★2］で、証明書に関して、「社会に認められている実感があり心強いんです」（増原）、「その安心感で絆がより深まった感覚もあるよね」（東）と語っている。それを受けて記事では「法的拘束力はないが、LGBT（性的少数者）の人たちは「賃貸住宅の契約時や病院で付き添う時に『家族です』と胸を張れる」と歓迎した」とまとめられ、そこに証明書の意義が見出される。もちろん、当事者が生きていくうえで「安心感」がもたらされることの重要性はいくら強調してもし過ぎるということはない。だが同時に、こうした文脈で語られる同性カップルによる「家族」がいかなるものとして表象されるのかという点は看過できない。『アナザー・ワールド』の「柔らかくあたたかい関係」のように、「現実の社会に存在している力関係」を不可視化し、維持するような「家族」となるのか。それとも、「現実の社会に存在している力関係」を明るみに出し、その変容や解体へと導くような新たな関係性となるのか。単純な二者択一にはなり得ないだろうが、「家族」をめぐる問題については今後も慎重に考察する必要があるだろう［★3］。

これまでも本書では、各章で読んできたそれぞれの作品が〈いま・ここ〉にあるジェンダー／セクシュアリティ秩序を再検討する際に有効な手がかりになると述べてきた。ゲイ男性の表象を中心としたものであるという制約はあるのだが、とりわけ「家族」という論点において、その有効性は大きなものになると考えられる。

注

［★1］谷垣の発言は次の『ハフィントンポスト』の記事を参照のこと。［http://www.huffingtonpost.jp/2015/03/10/tanigaki-sadakazu-gay-marriage_n_6836526.html　最終アクセス・二〇一六年三月一五日］

［★2］『毎日新聞』夕刊のこの特集は「今年、大きく羽ばたいて勇気や感動をくれた「あの人」に迫る」［『毎日新聞』二〇一五年一二月一五日（夕刊）］ことをコンセプトとしたものであり、こうした点からも、二〇一五年の「ＬＧＢＴ」への注目度の大きさは改めて確認される。

［★3］「家族」とネオリベラリズムの問題についても補足したい。デヴィット・ハーヴェイによれば、「個人的利益」を追求する「新自由主義国家に内在する不安定さに対する回答として」、「秩序」や「道徳」を重視する「新保守主義」が出現したというのだが、その新保守主義の価値観の中心になっているものの一つが「家族」

なのである。ただし、新保守主義とは、「エリートによる統治、民主主義への不信、市場の自由の維持」といったネオリベラリズムの政策目標から逸脱することはなく、ネオリベラリズムを補完するものである［ハーヴェイ、二〇〇七、一一五―一一九頁］。ここでハーヴェイはアメリカ合衆国を念頭に置いて議論をしているが、渡辺治によれば、小泉純一郎が政治理念としてネオリベラリズムに特化していたとすれば、その後に政権の座についた安倍晋三はイデオロギー的には新保守主義を喧伝したのであり、「教育の荒廃と家族の崩壊に対する危機感を強調し」［渡辺、二〇〇七、三二五頁］たのだった。「家族の崩壊に対する危機感」はその後の自民党にも受け継がれている。顕著な事例として、二〇一二年四月二七日に決定された自民党の日本国憲法改定草案では、第二十四条に「家族は、社会の自然かつ基礎的な単位として、尊重される。家族は、互いに助け合わなければならない」という文言が追加されることが提案されている［http://constitution.jimin.jp/draft/ 最終アクセス・二〇一六年三月一五日］。ハーヴェイによれば、「家族」を重視する新保守主義者は同性愛者の権利に反対しており、また、谷垣禎一の発言を見る限りでも、少なくとも現状での自民党の日本国憲法改定草案における「家族」が同性カップルをも想定したものだとは考えにくい。しかしながら、自民党内部にさえも「LGBT」の問題に取り組む動きが生じつつあるなかで、新保守主義的な文脈における「家族」の尊重と同性カップルの社会的承認の議論における「家族」の強調がどのように切り結ばれることになるのかについてはこれからの課題となるだろう。

あとがき

支離滅裂で、恥知らずなホモフォビアは、現在の日本でも、日々、いたるところに蠢いている。わたし自身も、そうしたホモフォビアの不意打ちを受けてきた。それと比べると、村上春樹の「偶然の旅人」にせよ、川上弘美の〈杏子と修三シリーズ〉にせよ、よしもとばななの『王国』シリーズにせよ、本書で読んできたゲイ表象ははるかにマシなものだと感じられる。だが、はるかにマシだと感じられるからこそ、このようなゲイ表象は手強いものであり、その手強さを読み解くことの意味があると思われる。こうした思いが本書の取り組みの出発点にあった。

序章や終章で取り上げたように、本書では「二〇一五年」を切り口としたが、本書で扱ったテーマは二〇一一年頃から取り組んできたものであり、いくつかのところで発表した内容を書きなおし、まとめたものである。ただ、さまざまなバックグラウンドをお持ちの方の手に取っていただけるように、表現は改め、作品からの引用は、比較的入手しやすい文庫版からにした。

なお、各章の初出については、第三章は「「多様な性」の問題性——よしもとばななの小説を手がかりに」(『言葉が生まれる、言葉を生む』ひろしま女性学研究所、二〇一三年)を全面的に改稿した。それ以外は書き下ろしであるのだが、第一章は二〇一五年一月の国際コンファレンス「クィア理論と日本文学──欲望としてのクィア・リーディング」における口頭発表「脱政治化という〈性の政治〉──村上春樹「偶然の旅人」を読む」の発表原稿に、第二章は二〇一五年六月の「カルチュラル・タイフーン2015」における口頭発表「「ゲイの親友」という表象──川上弘美の短編を中心に」(パネル報告「性の政治のポピュラリティ──ポスト・フェミニズムとホモノーマティヴィティ」)の発表原稿に基づいている。

本書を執筆するにあたっては、多くの方々にお世話になった。本書の一部になる論考を最初に口頭で発表したのは、二〇一二年七月に広島で開催された「カルチュラル・タイフーン2012」でのパネル報告「「差異」と「多様性」をことほぐクィア/フェミニズムを超えて──寛容/脱原発女子デモ/ばなな」においてであった。わたしにとっては忘れがたいパネルであるのだが、その時にパネルを組ませていただいた風間孝さんと菊地夏野さん、事前の研究会でご一緒させていただいた堀江有里さん、当日に広島でご一緒させていただいた新城郁夫さん、本当にありがとうございました。〈性の多様性〉の享受のされ方やホモノーマティヴな動向について、日々抱いていた漠然とした違和感や危機感を少しずつであっても言語化できたのは、研究会やその後の食事の場で、風間さん、菊地さん、堀江さんに話を聞いていただいて、応答をいただいたおかげだと思います。また、文学作品の読みと〈性の政治〉を切り離さずに考えることの大切さを痛感したのは、新城さんとのおしゃべりを通してでした。今でもみなさんとご一緒した一つひとつの場面が思い出され、感謝の気持ちでいっぱいになります。なお、「カルチュラル・タイフーン2012」のパネル報告の内容は『言葉が生まれる、言葉を生む』に収録されている。

また、二〇一五年一月に立命館大学で開催された国際コンファレンス「クィア理論と日本文学――欲望としてのクィア・リーディング」では、日本文学の領域でクィア批評に携わっている国内外の研究者の方々と交流させていただいた。そのなかで〈いま・ここ〉でできること、するべきことについて、おぼろげながらでも考えることができた。コンファレンスのオーガナイザーである中川成美さんには、貴重な機会をいただいたことを心より感謝いたします。

さらに、本書の第一章から第三章までは、ここ数年、非常勤先で担当した講義のなかで何らかの形で触れることが多かったものである。講義に参加してくださった国際基督教大学、駒澤大学、日本大学、フェリス女学院大学、早稲田大学の学部生や院生のみなさんのレスポンスからは気づかされることがたくさんあった。お礼を申し上げます。

最後になったが、晃洋書房の吉永恵利加さんに感謝の言葉を述べたい。吉永さんが全体の大きな流れと細かな箇所の両方を丁寧に見てくださり、きめ細かなコメントや的確なアドバイスをくださったおかげで、各章のテーマや論点のつながりをつかむことができ、ここ数年の取り組みを本の形にすることができたと思います。本当にありがとうございました。

二〇一六年六月

黒岩裕市

文献一覧

Chika Igaya、二〇一五、「同性カップルでも「結婚に相当」の条例案、なぜ生まれた？ きっかけつくった渋谷区議に聞く」『ハフィントンポスト』二〇一五年二月一七日［http://www.huffingtonpost.jp/2015/02/16/shibuyaku-lgbt_n_6692022.html 最終アクセス・二〇一六年三月一五日］。

石田仁、二〇〇七、「ゲイに共感する女性たち」『ユリイカ』第三九巻第七号。

井芹真紀子、二〇一三、「フレキシブルな身体――クィア・ネガティヴィティと強制的な健常的身体性」『論叢クィア』第六号。

キース・ヴィンセント、風間孝、河口和也、一九九七、『ゲイ・スタディーズ』青土社。

上野千鶴子、一九九三、「食縁家族」『ミッドナイト・コール』朝日文庫。

エスムラルダ、KIRA、二〇一五、『同性パートナーシップ証明、はじまりました。――渋谷区・世田谷区の成立物語と手続きの方法』ポット出版。

大橋奈依、二〇一四、「共同体／「王国」形成の意味をめぐって――よしもとばなな『王国』論」『愛知教育大学大学院国語研究』第二二号。

大橋洋一、二〇〇三、「クィア理論／ホモソーシャリティ／ホモセクシュアル・パニック／クローゼット／レズビアン研究・ゲイ研究」（竹村和子編）『〝ポスト〟フェミニズム』作品社。

小倉千加子、一九八九、「そして誰もいなくなった――聖子、明菜、ばなのテイクオフ」『風を野に追うなかれ』講談社。

風間孝、一九九七、「エイズのゲイ化と同性愛者たちの政治化」『現代思想』第二五巻第六号。

――、一九九八、「表象／アイデンティティ／抵抗――疫学研究におけるエイズとゲイ男性」（風間孝、キース・ヴィンセント、河口和也編）『実践するセクシュアリティ――同性愛／異性愛の政治学』動くゲイとレズビアンの会。

――、二〇〇九、「同性愛への「寛容」をめぐって――新たな抑圧のかたち」（好井裕明編）『排除と差別の社会学』有斐閣。

風間孝、河口和也、二〇一〇、『同性愛と異性愛』岩波新書。

狩野啓子、二〇〇六、「キッチン――吉本ばなな」（岩淵宏子、長谷川啓編）『ジェンダーで読む愛・性・家族』東京堂出版。

川上弘美、二〇〇六、『ニシノユキヒコの恋と冒険』新潮文庫。

――、二〇一一、「コーヒーメーカー」『ざらざら』新潮文庫。

――、二〇一一a、「ときどき、きらいで」『ざらざら』新潮文庫。

――、二〇一一、「山羊のいる草原」『ざらざら』新潮文庫。

――、二〇一一b、「笹の葉さらさら」『ざらざら』新潮文庫。

――、二〇一一c、「桃サンド」『ざらざら』新潮文庫。

――、二〇一三、「海石」『パスタマシーンの幽霊』新潮文庫。

――、二〇一三、「修三ちゃんの黒豆」『パスタマシーンの幽霊』新潮文庫。

――、二〇一三、「道明寺ふたつ」『パスタマシーンの幽霊』新潮文庫。

――、二〇一三、「はにわ」『猫を拾いに』マガジンハウス。

――、二〇一五、「ルル秋桜」『クウネル』第七二号。

河口和也、二〇一三、「ネオリベラリズム体制とクィア的主体――可視化に伴う矛盾」『広島修大論集』第五四巻第一号。

川坂和義、二〇一五、「「人権」か「特権」か「恩恵」か？――日本におけるＬＧＢＴの権利」『現代思想』第四三巻第一六号。

菊地夏野、二〇一五、「ポストフェミニズムと日本社会――女子力・婚活・男女共同参画」（越智博美、河野真太郎編）『ジェンダーにおける「承認」と「再分配」――格差、文化、イスラーム』彩流社。

サンダー・Ｌ・ギルマン、一九九七、『「性」の表象』（大瀧啓裕訳）青土社。

黒澤亜里子、一九九〇、「夢のキッチン――吉本ばなな論」『NEW FEMINISM REVIEW』第一巻、学陽書房。

後藤和子、二〇一四、「クリエイティブ産業の産業組織と政策課題――クールジャパンに求められる視点」『日本政策金融公庫論集』第二二号。

斎藤美奈子、二〇〇二、『文壇アイドル論』岩波書店。

下森真澄、一九九一、「ゲイとの快適生活をめざす女たち」『クレア』第三巻第二号。

清水晶子、二〇一三a、「奇妙な身体／奇妙な読み――クィア・スタディーズの現在」『現代思想』第四一巻第一号。

――二〇一三b、「「ちゃんと正しい方向にむかってる」――クィア・ポリティクスの現在」（三浦玲一、早坂静編）『ジェンダーと「自由」――理論、リベラリズム、クィア』彩流社。

新ヶ江章友、二〇一三、『日本の「ゲイ」とエイズ――コミュニティ・国家・アイデンティティ』青弓社。

セクシュアルマイノリティ教職員ネットワーク（編）、二〇〇三、『セクシュアルマイノリティ――同性愛、性同一性障害、インターセックスの当事者が語る人間の多様な性』明石書店。

イヴ・コゾフスキー・セジウィック、一九九九、『クローゼットの認識論――セクシュアリティの20世紀』（外岡尚美訳）、青土社。

千石英世、二〇〇四、『異性文学論――愛があるのに』ミネルヴァ書房。

竹内絢、二〇一五、「〝多様性〟として利用される性的少数者」『ふぇみん』二〇一五年五月二五日。

竹村和子、二〇〇二、『愛について――アイデンティティと欲望の政治学』岩波書店。

徳江剛、二〇一三、「「調律師」という職業――村上春樹「偶然の旅人」論」『専修国文』第九三号。

野口哲也、二〇一一、「「王国　その1　アンドロメダ・ハイツ」――サボテンというメディア」（現代女性作家読本刊行会編）『現代女性作家読本⑬　よしもとばなな』鼎書房。

デヴィッド・ハーヴェイ、二〇〇七、『新自由主義――その歴史的展開と現在』（渡辺治監訳）作品社。

ジグムント・バウマン、二〇一〇、『グローバリゼーション――人間への影響』（澤田眞治、中井愛子訳）法政大学出版局。

平野広朗、二〇〇二、「誰が誰を恥じるのか」（伏見憲明［ほか］）『「オカマ」は差別か――『週刊金曜日』の「差別表現」事件』ポット出版。

堀江有里、二〇一五、『レズビアン・アイデンティティーズ』洛北出版。

前田塁、二〇〇八、『小説の設計図』青土社。

マサキチトセ、二〇一五、「排除と忘却に支えられたグロテスクな世間体政治としての米国主流「ＬＧＢＴ運動」と同性婚

推進運動の欺瞞」『現代思想』第四三巻第一六号。

松中権、二〇一五、『LGBT初級講座　まずは、ゲイの友だちをつくりなさい』講談社＋α新書。

クレア・マリィ、二〇一三、『「おネエことば」論』青土社。

三浦玲一、二〇一三、「ポストフェミニズムと第三波フェミニズムの可能性――『プリキュア』、『タイタニック』、AKB48」（三浦玲一、早坂静編）『ジェンダーと「自由」――理論、リベラリズム、クィア』彩流社。

――、二〇一四、『村上春樹とポストモダン・ジャパン――グローバル化の文化と文学』彩流社。

三橋順子、二〇〇四、「おかま」（井上章一、関西性欲研究会編『性の用語集』）講談社現代新書。

ケイト・ミレット、一九七三、『性の政治学』（藤枝澪子［ほか］訳）自由国民社。

村上春樹、一九九五、『国境の南、太陽の西』講談社文庫。

――、二〇〇四a、『ノルウェイの森』（下）講談社文庫。

――、二〇〇四b、『ダンス・ダンス・ダンス』（下）講談社文庫。

――、二〇〇五、『海辺のカフカ』（上）新潮文庫。

――、二〇〇七、「偶然の旅人」『東京奇譚集』新潮文庫。

――、二〇〇七、「ハナレイ・ベイ」『東京奇譚集』新潮文庫。

――、二〇一二a、『1Q84』BOOK1後編、新潮文庫。

――、二〇一二b、『1Q84』BOOK3前編　新潮文庫。

――、二〇一三、『色彩を持たない多崎つくると、彼の巡礼の年』文藝春秋。

――、二〇一四、「独立器官」『女のいない男たち』文藝春秋。

柳沢正和、村木真紀、後藤純一、二〇一五、『職場のLGBT読本――「ありのままの自分」で働ける環境を目指して』実務教育出版。

吉田修一、二〇〇二、『最後の息子』文春文庫。

吉本ばなな／よしもとばなな、一九九八a、「キッチン」『キッチン』角川文庫。

――、一九九八b、「満月」『キッチン』角川文庫。

――、一九九八c、「白河夜船」『白河夜船』角川文庫。

――、一九九八d、「ある体験」『白河夜船』角川文庫。

――、一九九九、『SLY――世界の旅②』幻冬舎文庫。

――、二〇〇八、「ミコノスの思い出」『新潮』第一〇五巻第一号。

――、二〇一〇、『王国　その1　アンドロメダ・ハイツ』新潮文庫。

――、二〇一〇、『王国　その2　痛み、失われたものの影、そして魔法』新潮文庫。

――、二〇一〇、『王国　その3　ひみつの花園』新潮文庫。

――、二〇一〇、「3人のゆがんだ親と、無垢な娘のファンタジー」『波』第四四巻第六号。

――、二〇一二、『アナザー・ワールド　王国　その4』新潮文庫。

――、二〇一三、『ごはんのことばかり100話とちょっと』朝日文庫。

――、二〇一六、「自分だけのスタイル」『クウネル』第七七号。

米村みゆき、二〇一四、「村上春樹と〝私的領域〟――ルーティン化する〈恋愛〉が壊れるとき」（米村みゆき編）『村上春樹　表象の圏域――『1Q84』とその周辺』森話社。

渡辺治、二〇〇七、「日本の新自由主義――ハーヴェイ『新自由主義』に寄せて」（デヴィッド・ハーヴェイ『新自由主義――その歴史的展開と現在』）作品社。

Lisa Duggan, 2003, *The Twilight of Equality?: Neoliberalism, Cultural Politics, and the Attack on Democracy*. Beacon Press.

「エイズ患者・第一号確認」『朝日新聞』一九八五年三月二三日。

「同性愛者の献血お断り」『毎日新聞』一九八五年一〇月二四日。

「国内市場5・7兆円「LGBT市場」を攻略せよ！」『週刊ダイヤモンド』二〇一二年七月一四日号（第一〇〇巻第二八号）。

「多様性が活力生む」『東京新聞』二〇一五年二月一三日。

「渋谷区「人権」使い分け?」『東京新聞』二〇一五年二月二〇日。

「原動力は〝クール〟な運動」『アエラ』二〇一五年三月二日号(第二八巻第九号)。

「同性カップル条例　成立　性的少数者の人権尊重」『東京新聞』二〇一五年四月一日。

「同性カップル権利前進」『毎日新聞』二〇一五年四月一日。

「INTERVIEW」『Tokyo　graffiti』二〇一五年四月号(第一二七号)。

「ひと　2015　はばたいて」『毎日新聞』(夕刊)二〇一五年一二月二一日。

《著者紹介》

黒 岩 裕 市（くろいわ　ゆういち）

1975年北海道生まれ。一橋大学大学院言語社会研究科博士課程修了。博士（学術）。現在，フェリス女学院大学ほか非常勤講師。専攻は日本近現代文学，ジェンダー／セクシュアリティ研究。共著書に『言葉が生まれる，言葉を生む』（ひろしま女性学研究所，2013年），『現代女性作家読本⑰　桐野夏生』（鼎書房，2013年）など。

ゲイの可視化を読む
――現代文学に描かれる〈性の多様性〉？――

2016年10月10日　初版第１刷発行　　＊定価はカバーに表示してあります

著者の了解により検印省略

著　者　黒　岩　裕　市©
発行者　川　東　義　武
印刷者　江　戸　孝　典

発行所　株式会社　晃　洋　書　房
〒615-0026　京都市右京区西院北矢掛町７番地
電話　075(312)0788番(代)
振替口座　01040-6-32280

ISBN978-4-7710-2763-3

印刷　㈱エーシーティー
製本　㈱藤　沢　製　本